湘灵 越秀 华年

1934—1949

周湘玟 著

SPM
南方出版传媒
广东人民出版社
·广州·

图书在版编目(CIP)数据

湘灵　越秀　华年 / 周湘玟著. —广州 ： 广东人民出版社，2017.4（2023.1重印）

ISBN 978-7-218-11707-2

Ⅰ.①湘… Ⅱ.①周… Ⅲ.①传记文学-中国-当代 Ⅳ.①I25

中国版本图书馆 CIP 数据核字（2017）第 066028 号

XIANGLING YUEXIU HUANIAN

湘灵　越秀　华年　　周湘玟 著

出 版 人：肖风华

责任编辑：端木桥

装帧设计：邦　邦

责任技编：吴彦斌　周星奎

出版发行：广东人民出版社

地　　址：广州市大沙头四马路 10 号（邮政编码：510102）

电　　话：（020）83798714（总编室）

传　　真：（020）83780199

网　　址：http：//www.gdpph.com

印　　刷：三河市同力彩印有限公司

开　　本：889mm×1194mm　1/32

印　　张：7.125　　插　页：2　　字　数：135 千

版　　次：2017年4月第1版

印　　次：2023年 1月第 2次印刷

定　　价：58.00 元

湘水清澄　玟石晶莹（代序）
——读周湘玟《湘灵 越秀 华年》

岑　桑

20世纪40年代之初，抗日战争进入持久战阶段。多灾多难的祖国众多重要城市都先后沦陷了。国难当头，少小的我于1940年千里迢迢到当时广东省战时省会韶关，考进了设在始兴县的志锐中学初中一年级。

从初中一到高中一，我在志锐中学念书四年。曾给我以巨大恩惠的志锐中学是我永远衷心感念的母校。我的母校师资好，设备好，管理好，校风特好。我深感它不但教育了我，锻炼了我，抚育了我，更重要的是在精神上、品格上塑造了我。不知有多少次我向别人说：要是真有神仙能够施法让我返老还童，回到过去，但是只限选择自己经历过的某个年龄段，我会毫不犹豫地选择在志锐中学念书那几年。

啊，那几年！“恰同学少年，风华正茂。”同学们虽然生活困苦，处境艰难，然而却因为与祖国共患难、同休戚而豪情满怀，享受着由于对祖国的无限热爱而萌生的崇高感，快乐地沉浸在清纯而真挚的友情温泉里。

同学们共浴的那个暖融融的温泉真难忘啊！我们是全寄宿的，大家朝夕相处，一起晨运，一起上课，一起劳动，一起用膳，一起唱歌、跳舞、打球、演活报剧……数之不尽的“一起”使我们真的亲如兄弟姐妹。共赴国难、休戚相关的我们可以说是患难之交了。这些患难之交日后虽然各散东西，但彼此关怀，大家都千方百计寻踪觅迹，以求联系。相聚时，欢呼雀跃，互呼诨号，同唱校歌。有的知己深交，数十年往来不断，深情厚谊至今犹灼热如昔。我就有好几位这样的知交，湘玫是其中的一位。

原先设于始兴县的志锐中学，1941年迁往广西柳州，翌年回迁韶关十里亭。此时我念初中二。湘玫就是那时候转学来到志锐成为我的班友的。她秀外慧中，仪容出众，加上家庭背景的特殊，因此备受瞩目。那时校里各班都自办墙报。我班墙报取名《白浪》，我被同学们推举为《白浪》的“主笔”。这“主笔”是“一脚踢”的，既要为《白浪》组稿、写稿、编辑，还要为它设计版式，绘画刊头，制作美术标题……《白浪》大约每旬刊出一期。由于“主笔”任务繁重，我必须有几位“助手”，在班里以作文出色的湘玫，自然成了我经常联系的“特约撰稿人”之一。接触多了，她在我心中留下的好印象就多了、深了、成型了。

湘玟优雅谦和，平易近人，总是给人以可亲可近的感觉，与她共处，如坐春风。她从来没有因自己特殊的家庭背景、优越的生活境遇而略显骄矜。没有，真的丝毫也没有！相反，我还常常发觉她总是竭力避免给别人以那样的感觉。素雅的言谈举止，与她俊秀端庄的天赋，真可以说协调得浑然一体，因此甚有人缘。

湘玟感情真挚，胸无城府。与她相处，总会觉得她心怀剔透，了无尘垢，恍若秋水寒潭，清澈见底。心地光明者无不坦诚待人，以为人皆如此，因而在人际间不思设防。湘玟就是这样一个“不设防”的人。与她为友，你会觉得大可肝胆相照、推心置腹。诚然，“不设防”并非总是平安的，湘玟未必不曾吃过“不设防”的亏；但她似乎不以为意，没有因此而给自己架起铁丝网来。江山易改，秉性难移。时移世易了，而湘玟还是从前那个湘玟。

湘玟心地善良，总是以关爱之心深情待人。她和大家一样在校寄宿，她的家离校不远，相距不足500米。校里伙食质量差，她母亲担心女儿营养不良，常会派人把肉汤送到学校给女儿享用。湘玟往往自己不喝，偷偷把肉汤转送给病弱的同学喝了。有一次，敌机空袭韶关，同学们大都照例逃到后山躲避。湘玟也和大家一起到了后山，她猛然发现一位女同学没有同来，想起她可能因为近日身体有点不适，所以留在宿舍没有出来。这时敌机已渐近，湘玟觉得不能让她冒险留在宿舍，二话没说就立即跑回宿舍，硬要连拖带扶把那位同学带到后山躲避。此举让那位同学逃过一劫。因为敌机果然以我们的学校为目标，一颗炸弹正好炸中了那座女生宿舍，一个留在那里没有躲避的女同学被炸伤了。

作为四年的班友，概括地说，湘玟给我铭刻的印象就是优雅、真挚、深情。

1944年初夏，日寇妄图打通粤汉线，粤北紧张，志锐中学要迁往始兴县。同学们有选择随校迁移的，也有另谋出路的。湘玟和我均属后者，但我西走黔桂，她却往东走，到梅县继续学业。

抗战胜利后的1945年，湘玟以“同等学力”考进中山大学文学院；我也在这一年考进了广东省立法商学院社会学系。1946年中，中山大学招考转学生，我通过了中大的转学试，进入了该校法学院社会学系二年级，再度与湘玟成为校友。但中大校区广大，文学院与法学院相距颇远，加上我基本走读，与湘玟见面的机会就少了。那时候的湘玟已找到了党，参加了革命，成了广州学运的骨干，在学运中的卓越表现，有目共睹。1947年5月31日，中山大学学生在广州举行声势浩大的“反饥饿、反内战、反迫害”大游行，手擎大旗走在大队伍最前头的旗手，就是湘玟。她英姿飒爽，精神抖擞，领着巡行队伍从石牌校区一直阔步行进至广州闹市……这位端庄的旗手一路上不知赢来过多少沿途看客的激赏！也在我心中定格成为一尊永不褪色的塑像。至此，在精神意义上，这位出类拔萃的少女已经定型了。此后，她义无反顾地固守自己倾心的信仰，走上红旗指引的革命道路。

我对湘玟的了解，本来仅从1942年与她成为班友的时候开始。在这之前，关于她的一切全不知情。最近读了她寄发给我的《湘灵 越秀 华年》原稿，才知道她的家世，她的家庭所处的政治环境，以及她髫年已露端倪的仁慈秉性。这使我对湘玟有了更深刻的认识。

《湘灵 越秀 华年》是湘玟的一部自传体实录，记叙了作者自己从1934年（五岁）到1949年（二十岁）所曾经历和耳闻目睹的一切，以她自己那15年中诸多不同的生活环境分章作记，先后凡十二记。

如果要我对《湘灵 越秀 华年》的印象作简单的概括，我会说："文如其人。就用上面说过的那三个词儿吧！——优雅、真挚、深情。"

我深信文风是作者风格的投影。捧读《湘灵 越秀 华年》，那优雅的行文，首先就给我以如逢旧雨、如见故人的感觉。

湘玟为人真挚，为文亦复如此——

在志锐中学念书时，同学们都知道湘玟的父亲周游，时任广东省保安副司令。这职位，应该说是高官了，以为这样国民党高官一定早已坐拥万贯家财，面团团作富家翁了，谁也没有想到他竟也有要靠典当度日的时候。

周游在黄埔军校第四期毕业后参加北伐，官至经理处长。国共分裂后，他追随李济深、陈铭枢反蒋，因此不容于蒋政权。直至抗战军兴，蒋介石需要招揽人才，才把好些宿敌放过了，还请他们出来“共赴国难”。周游的情况想亦如此。《湘灵　越秀　华年》开宗明义的第一记《逃亡海外》，一开始便是写抗战前夕周游在蒋政权追捕的情况下，挈妇将雏，从上海逃至香港的经过。在这一记中，湘玟忆述家中经济困难情景时，说那时才七八岁的她，有一次在家中可以俯瞰楼下的平台玩耍时，“看到过父亲挟一个包袱，低头匆匆外出。我已懂点事，知道他是把一件皮袍送到当铺去了。目送着他微拱的背影，和不愿让邻居看到而低头疾走的步态，再想到他平日和母亲的争吵，大都是母亲为了我们的营养要多花钱而起。想想母亲有道理，父亲有苦衷，不禁呆呆地难过起来”。寥寥几行如此朴素谦和的文字，以其率真和深情深深打动了我，捧读之余，心为之酸，也“不禁呆呆地难过起来”。少小时读朱自清的名篇《背影》，故事中那个仁慈的父亲的形象把我感动得真要流泪，他那“青布棉袍黑布马褂”的微胖的背影，可以说感动了我一辈子，我也念着那“微胖的背影”一辈子。我想，我后来爱上文学，并且为之坚守一生，这抉择，与在自己心中不断浮现的那个“微胖的背影”未必无关。看来上面说的那“挟一个包袱，低头匆匆外出”的父亲“微拱的背影”，亦将久久占驻我的心怀。

《湘灵　越秀　华年》里有不少以率真和深情动人的文字，如写到自己与母亲之间爱恨交织的复杂感情时，作者一直葆有的那腔暖融融的情怀便不期而然地涌溢而出了。母亲的性情有点特别，有时甚至近乎歇斯底里。她深爱湘玟，却又往往自觉或不自觉地为难甚至伤害湘玟，做女儿的竟因而有过离家出走之想。然而对母亲的爱毕竟是无与伦比的，作者在第十二记写到自己与母亲的关系时，由衷地发出了如此深情的呼喊：“妈妈，女儿非常爱你。为了你的幸福，女儿可以去死！”这是多么撼人心魄的一叹！湘玟这卷10余万字的生活实录，到处都可以让读者感受到那源于真挚和深情的魅力。我一直认为：文学乃心性之学。文学作品是作家心性的折射。读着《湘灵　越秀　华年》书稿，恍若与我那心性高洁的老朋友愉快地促膝作竟夕之谈。基于我喜欢这部作品，它的魅力促使我毛遂自荐，为它写了这篇短文忝充代序。题目颇费踌躇。见作者在书中第三记中说到自己少时，受到一位来家中作客的亲友的喜爱，那位客人在她的纪念册上题了几句赞词，其中的头两句是：湘水清澄，玟石晶莹。这嵌入了湘玟名字的寥寥八个字，既现赞赏对象的资质，又近我这短文的意蕴，于是顺手牵羊，挪以为题了。

2016年9月

题　记

周湘玟

从五岁写到二十岁，我又一次经历了那段虽有眼泪但却色彩斑斓的华年。我很难说清自己的感受，但我知道：虽有眼泪，但我决不会和任何幸福的女孩儿交换这段岁月；虽说斑斓，但我却宁守目前的恬淡而不再去享受那些花环。眼泪使人深，恬淡使人厚。在这深与厚之间，我逐渐老去，但却焕发出永远年轻的爱。爱我的国家，我的人民，我的亲人，我的师友。我说过，我没有隐逸于名山宝刹的慧根，我没有散淡于静室的修为，我是红尘中人，我心中充满了爱。我仍然渴望着为我的祖国、我的人民、我的亲人和师友做我能做的事。

我有幸，生为湘女。我更有幸，长于粤地。湘灵越秀的山水哺育了我，我逃难、求学、成长于湘灵越秀的山水之间。1934—1949，是湘玟的五岁到二十岁。在那儿，她度过了最可纪念的年华。这便是这本小书名为《湘灵　越秀　华年》的缘由。

我不是作家，更不是才女。我没有舌尖上的锦言绣句，更没有彩笔下的绝妙好辞，我只是诚实地记下那十五年间的历史和我所能记住的细节。人物的神情、面貌都是酷肖的，言谈话语都是传神的，事件缘由都是原原本本的。而这一切，都是真实的。因为当时的湘玟小，还不会杜撰；因为湘玟记忆力好，记住了。我想，这便是这本书能让我敝帚自珍的缘由。人们不能把它当历史，但它可以作为历史的佐证。人们不能把它当说部，但它有那个时代的人物，甚至是故事。我的二儿说得好："不是小说，胜似小说。"

但是，写着写着，我会问自己：这么写可以吗？因为没有先例。

二儿说："妈妈回忆的价值在于你的亲身亲历，别人代替不了。时间和事件经过的准确和翔实才紧要，评价其实都是第二位的。"他还说："亲历第一，细节制胜。"他又说："历史不是没有情感，也不是史学家不懂情感，而是历史一旦写成书，几万万人和几代代史就被压缩到了几百页书页里。庆幸的是，有人著书能够突破教条藩篱，沟通文史，为抽象输入具体，为苍白注入鲜活，让青史归真且如画。"我明白了，我的亲历和实录是有意义的。他鼓励我："坚持完成任务就是对历史负责。"

女儿说：确实还没有哪一位前人这么写过。"像你这样有声有色、有滋有味地描写童年往事，这种写法本身就很有特色……所以读起来，有色彩，有质感，有深度，有才情。……试想想，对儿时的记忆，有多少人可以记得精确和真亮？而在记忆精确的情况下，又有多少人可以把它写得如此精彩并有文采？而这些文章最大的特色就是八个字：亲身经历，绝非杜撰。”“十二篇小记，以成人的回忆来描述儿时的心理：清溪般的记忆，像国画的山水，流淌过童年、少年和青年时期。”

我的二儿媳也说：“整个作品从头到尾充满了对祖国 、民族和生活的热爱。这种热爱是正直的、朴素的，有些地方甚至有些天真。可是我认为这正是她（作者）独特的美丽。”

我像被哄的孩子似的那样往下写了。我在给二儿的电邮中写道：“梅儿昨天在落地窗前给妈妈说意见。她打开电脑认真地讲，妈妈执笔铺纸认真地记。驱走雾霾的阳光和煦地轻抚着我们。我知道，这是在写书。但这也就是幸福。”

我觉得，这本小书是全家四个人在写。

直到有一天，我七十四年前的初中同学岑桑加入进来。我请他看一两篇小记，他未为所动，说道：你这种写法，除非你写的是名人，或者你自己就是名人，否则是出不来的。我劝你还是写点别的吧。对他这直率且符合市场规律的意见，我也未为所动，还是一篇一篇地写下去。也不想再请他看了。但有一天，他忽然说想看，看了便跟我说：我喜欢它。当他知道我在联系某个大出版社出书时，他又说：我帮你出。我的个性不愿意惊动人、麻烦人。我没有马上接受。但他已经和出版社的朋友们商议好，并且在以责编的身份改稿子了。这使我感到这个人不是“别人”，是可以惊动、麻烦的有七十四年“友龄”的知交。我接受了。我在约请几个人（包括我的孩子们）为这书写点什么，作为我的砖头引来玉石的《引玉四人谈》的时候，他又说：把我的文章作序吧。我告诉他：我出过三本书，都没有序。为的没有合适的写序的人。名人、大人物不难请到，但如果对我们、对我们的书不是太了解的话，那也太难为人家了，也太亵渎自己了，宁肯不要序。他笑了：好一个湘玟！但他还是写了，我女儿读后说：至情至性。这不是用笔，是用心写的。于是我正式通知他：接受他的文章作为我的序。这样，我就有了第一本有序的书。这位大作家写这篇小序，认真至极。起码修改了七八遍，直到我不得不叫“停!”我还发现他列举我的种种时，竟有一条是常人所不熟知的——我的不设防，往往受人欺负了还不知道设防。我深为感动，但也惊讶地问他：我们长别了数十年，又不在一起工作，你怎么知道的啊？他笑了笑：群众的眼睛是雪亮的。

后来又加入了一位文友马淑媛。她是从长春汽车厂的工人作者成长起来的女作家。我在汽车厂担任辅导和创作工作十三年，她是我亦师亦友的至交。我带有半强迫性地请她看文稿，“逼”她提意见。最后，请她写文章。她交稿时我一看，她写的不是“书”，是我的一生！我只好老实地给她说：不行。她慨叹地说：“你真是行家里手，一眼就触到要害。跟你办事作文章，是一点不能马虎的。”我说：你把文章写成了湘玟咏叹调了！后来，文章改好了，题目也换了，真的改名《湘玟大姐咏叹调》了。我细校这篇文章，为她对我一生的了解之深、之细深深感动，我数落她：“你真把我吃透了！这多不容易！你得一点点地换位，把自己挪到周湘玟的人生当中去！累不累！”

至此，我感觉到这本小书是六个人在支撑着了。

创作是艰苦的，有时甚至是痛苦的。但我这次绝对是例外。我像在和煦的春风里徜徉，落在电脑上的字都那么可爱。我的后背是坚实有力的，因为有孩子和知交的支撑。心扉是敞开的，因为他们都愿意理解，而且本来就理解。我感觉自己浑身都透亮，一生都透亮！能让自己的孩子和知交读懂自己的心灵，能让自己的孩子和知交看彻你的一生，这该是多么幸福的事啊。何况将来还可以让广大的读者，那些我将要爱着的人们读懂、看透！有谁能比此刻的我更幸福呢。

把自己融入历史，为某一段史书的抽象输入具体，为某一段历史的苍白注入鲜活。亲爱的孩子们、挚友们，在你们的启发和支持下，我对历史负责，完成了自己的任务。人们从这本小书里，能看到历史的恢宏的背景，能感受到战争的血雨腥风。从书的小主人公身上，能看到一个小女孩怎么在硝烟烽火中成长，怎么从未成年的年纪就把自己和祖国的兴亡、人民的福祸紧紧结合在一起！

感谢冯道平同志为散存的各记编辑成书。感谢韩洪飞同志找出众多的旧照片，并拍照复制。

2016年11月3日　夜

北京新匆忘庐

父母婚纱照。父亲周游、母亲魏静侬于1927年在广州成婚。婚后三日，刚从黄埔军校第四期毕业的父亲即参加北伐随部队开拔。照片中手持的是结婚证书。

母亲于1927年农历十月初三大婚。这是她婚前摄于七月的照片。上有她亲笔书写题赠给父亲的毛笔签名，也有父亲收到照片后的亲笔题跋。极为珍贵。

目　录

1　第一记　逃亡海外
9　第二记　小吴门外　荒草园
21　第三记　楚湘街　茶花
29　第四记　枫林　一棵枫树
42　第五记　花艇　小庙　二塘半
51　第六记　龙源垴上　爱莲第　九层塘
57　第七记　水南街　柚子花
65　第八记　那山　那水　那席棚
69　第九记　靖村　荒冢　小木屋
76　第十记　十里亭　农园
96　第十一记　黄塘　罗屋
106　第十二记　广州　沙面　石牌

引玉四人谈

184　湘玫大姐咏叹调　马淑媛
196　大象的记忆　汪海欢
205　清溪流淌的记印　汪海姝
209　美丽的中国“她”　周　梅

第一记　逃亡海外

（1934年—1937年，香港）

我家自上海逃港时，我才五岁，但有些印象极为深刻：一个早上，有人来敲门，高高举着送礼的果筐，说是送礼来了。保姆把门打开，涌进了四条汉子。母亲正在用牙粉刷牙，旗袍的高领是敞着的。骗入者是怎么搜寻我父亲，搜捕不得又是怎么抢掠首饰财物的，我都是事后听说，没有目睹的记忆。但有一幅画面记忆清晰：两个保姆靠墙坐在凳子上，分别抱着我和妹妹。我只觉保姆不断地把我右手上的金手镯往毛衣袖子里塞，我非

湘玫三岁照，1932年摄于上海。

常不舒服，就把镯子撸了下来。就这样，我和妹妹手上的金手镯也被抢了。我还记得母亲和三姑姑开列被抢财物清单时，说的小手镯上镌的四个字：“丁财贵寿。”记忆中还有一幅画面，父亲回来了（被特务搜捕时，他正去了天津），天已入夜，说是要带我们去看电影。我特别高兴，随着父母上了出租车，也看到了夜幕中“黄金大戏院”的霓虹灯（确实看到了，我那时已在上海智仁勇小学念一年级，认识这些字）。但父亲突然命令出租车掉头开赴码头。我小小心灵中的失望和难受真是难以形容。我们乘坐的是一艘叫柯立芝总统号的邮轮。邮轮高大而瑰丽，在我眼中，它一处大厅的门可以和上海大影院的大厅媲美。记得邮轮启碇时，我和妹妹正分别站在门的两旁，船身猛一颠簸，三岁的妹妹趔趄了一下，她竟过来搡我，问我为什么推她。

父亲自黄埔四期毕业后，参加了北伐，官至经理处长。国共分裂后开始追随李济深、陈铭枢等反蒋。遭到蒋政权嫉恨，因此派特务来秘密抓捕他。他幸而先期去了天津，免了此难。上海是待不下去了，只好全家逃港。

初到香港，先是租住在般含道。我在一所教会小学圣保禄继续念一年级。不久我转入崇兰小学。记得每天上学时要经过一段“海皮”（即海边的石砌堤岸，一般都连着马路，但并无沙滩），吹拂到一股微咸的海风。十五年后（1949年）我重返香港，再经铜锣湾，重又闻到了那股熟悉的味道，我知道，我回到了香港，找到了童年！

后来我们又搬到一个住处——般含道精致台二号三楼。一处幽静的漫坡上依势建造了一座平台，平台上矗立着四栋三层楼房，我们租住在第二栋楼的三层。房屋是传统的港式格局，进得楼门是一处过厅，向阳是一间大客厅带一个大骑楼。过厅的另一侧通向主卧室，不过那时的主卧室还不带卫生间。过厅往里是一条长长的走廊，排列着卧室、卫生间、厨房、工人房等。我印象比较深的是客厅和骑楼。因为母亲不许我下楼玩儿时，我会长久地伏在骑楼上俯瞰小朋友们，或者远眺海景。至于客厅，那是我和妹妹的舞台。《渔光曲》上映后，主题歌《渔光曲》风靡内地，香港也不例外。我和妹妹没看过电影，但是学会了这首歌。我们会一边唱这首歌，一边演绎我编的剧情。我们把沙发当渔船，把地板当大海。我们会从听来的剧情创作台词，慨叹生活的艰难。但也为剧中人想过：没米做饭可以吃打来的鱼呀。我们还偷偷地拿

1934年随父母逃亡至港。这是到港后第一张照片，应摄于1934—1935年之间，是五六岁与妹妹合影的照片。

来三姑姑的裙子当渔网，也充船帆。算来这可说是我的第一个剧本了。至于卧室，我只模糊地记得一张铺着白单子的床，我发烧躺在床上，医生给开了两种药，放在靠墙的床头柜上。母亲面朝我喂药，突然发现两种药的前后弄错了，急得当时晕倒，幸亏有墙挡着，好像三姑姑也在一边扶着。不过是两种药弄错了先后，有什么大不了的呢，但这就是母亲！据说我小时候病了总是先打自己，责怪自己为什么生病让母亲着急。看来年龄虽小，已知道母亲的心了。过厅是我们的学习室，有一张小藤桌，两把小藤椅。母亲在那儿亲授我们唐诗和毛笔字。母亲要求我们背诗，包括语文课文。不够流利时则把书一摔，说：再读十遍！最少也要求：再读五遍！我就从那个小过厅开始了一生的诗文背诵和书法练习。

从这时开始，便有关于我“×步成诗”这一类传说。我分析主要是父母对第一个孩子的溢美之誉。记得有一次父母夸奖我之后，妹妹大概很难过，独自跑到骑楼上眺望了一会儿，对大家说：我也会写诗！然后念道：“天蓝的，海也是蓝的！”这个细节，在家里一直作为笑谈流传，反映了对妹妹的爱意，也反映了大家对儿童诗的偏见：旧体诗才是诗，白话诗不算。直到上世纪80年代我和妹妹隔绝二十余年之后重逢，谈及此事，我才有所省悟：“妹妹，你这诗多好呀，又开阔，又清新！”并十分遗憾当时父母没有重视妹妹的第一首小诗。如果那时不拘一格地扶持培养，妹妹写诗的成绩会是很好的。

我现在还能记得在香港新学期的语文第一课的课文：

兄弟二人，同上学。各买新书一册。兄用厚纸包书面，以防污损。弟不能包，兄代为之。

（玟按：希望有同龄人正好在香港的小学也读过这篇课文，可以共享童年上学的美好回忆。）

不久我转学到梅芳小学，在那儿从二年级读到三年级，四个学期，都是第一名。班主任是吴影珠老师。有一个学期我成天生病请假，由母亲给补习功课，只在期末赶回学校参加大考，但也考了第一名。梅芳小学的校服，夏天是纯白大襟短袖小褂、黑色短裙，小褂上用黑丝线绣上一枝梅花，煞是好看。冬天则是蓝衣蓝裙、绣白梅花，也很别致。

这段生活最有意思的记忆是父亲的两位朋友。一位是七君子之一的王造时。他身材偏矮微胖，对孩子们很亲切。记得有一次我在“骑楼”（即北方所称的阳台）上观景，远远看到他来了。微胖的身材走上精致台的多级台阶有点费劲。哈，怀里还抱着一只小黄猫。我马上告诉妹妹，姐妹俩都兴奋得不行，等待着他爬上我们居住的三楼。但令我们大大失望的是母亲容不得小黄猫，不管我和妹妹怎么恳求，她坚决拒绝接纳，并让王造时伯伯把小黄猫送走。王伯伯很尴尬，他是一心送给我和妹妹的。最后在母亲的“追逼”下，不得不把小黄猫重又抱走。还有一位是彭文应。当时也可能是受到蒋政权迫害才逃港的。他和王伯伯一样，经常来我家和父亲谈到深夜。不久，就听说他在追三姑姑。三姑姑是母亲的三妹，当时正在读高中，高挑的身材，大眼高鼻，很健美。但三姑姑不喜欢彭伯伯，彭身量太矮可能是原因之一。有一晚，我和妹妹还碰上他在过厅中向三姑姑求爱，两手扎煞着，挡住三姑姑的退路，双膝几乎要跪下了。我们没惊动他们和其他大人。至于下文如何，就完全不记得了。反正三姑姑没有应许。和父亲来往密切的还有李济深和陈铭枢。李济深来家时不大理会我们小孩，只是和父亲长谈，经常谈到半夜。我听母亲埋怨过，谈到半夜三点，她还得准备第二次宵夜。陈铭枢伯伯很喜欢孩子，常带着他的情妇玛加利上我家玩儿，或者和我家一道去海滨游泳。同去的还有玛加利的妹妹Ruby，一位时髦的女郎。他还曾建议三姑姑上苏联留学，他可以代为联系。陈伯伯对我很关爱，上世纪40年代我家住韶关时，他在重庆，和父亲时通音问，曾题过一首诗送我，内容是有点溢美的称赞和深深的期许。可惜全诗我没背下来，只记得首句或第二句有“十三余”三字，大概指那年我十三岁。这首诗寄我们时已写成了条幅，由母亲一直保存。很遗憾，1979年和母亲恢复联系时，未曾问及这幅字的下落，现在更是情况难明了。2003年我在八宝山为汪洋寻找墓址时，曾看到新移葬过来的陈铭枢之墓。我深深鞠躬以寄哀思，怆然良久。

我八岁生日时父母送给我两件礼物。第一件是一方小小的象牙名章，篆书四字为“周湘玟印”，有一个漂亮的专用小盒子盛着，盒子里还备有一小格印泥。1952年自港赴朝时，净身出户，唯一带走的是这一方印章和大弟弟的一个带拉锁的红皮夹子，均珍藏至今。第二样礼物是一个纯金的鸡心项链坠，可以打开嵌上父母的照片。鸡心的正面镌有四字："秀外慧中。"我想是父母的期许和祝福吧。背面则刻有花草。另外还配有一条足金项链。这一份礼物由于太贵重，我没有带走。80年代由大妹妹归还，但只有鸡心，没有项链了。我特为拍成照片附在这一记里，作为永久的纪念。

在港的后两年，逐渐从父母处听到一些家事、国事。我知道家里经济困难。记得一次在"台"上玩儿的时候（前文说到过的建屋的平台，筑有栏杆，可供住户游憩），看到过父亲挟一个包袱，低头匆匆外出。

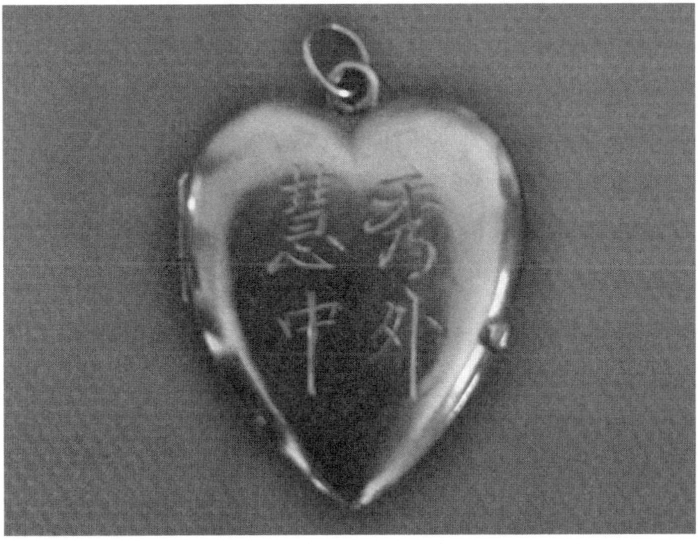

"秀外慧中"纯金心链坠，湘玟八岁生日时父母所赠礼物，开启后可嵌入照片。

我已懂点事，知道他是把一件皮袍送到当铺去了。目送着他微拱的背影，和不愿让邻居看到而低头疾走的步态，再想到他平日和母亲的争吵，大都是母亲为了我们的营养要多花钱而起。想想母亲有道理，父亲有苦衷，不禁呆呆地难过起来。不过七岁的孩子忘得也快，只有在多年以后，比如七十九年后的现在（2015年）想起来时，才会感到锥心地疼。为父母的深恩，也为自己的不孝。

国事我是1936年才“接触”的，张学良将军发起的西安事变轰动全国。父母亲非常关切，成天议论，我也连带知道了一些。记得我们家还有一本宋美龄写的《西安双十二事变记》（手头无此书，书名可能不准确），可见关切之殷。我想父亲会认为他所努力争取的联合抗日已初见端倪。我不知道这时候父亲又做了一些什么，比如又和李、陈、王、彭等有过什么商议。但后来知道，他们得到了蒋介石的承诺，保障他们的安全，并表示欢迎他们回到内地参加抗战。总之，我们全家1937年回到了祖国，回到了长沙。1937年抗战开始，父亲失业多年之后，重又走上抗日前线。

2015年10月28日

北京总院干四科病房

第二记　小吴门外　荒草园

（1937年7月—11月，长沙）

1937年，长沙小吴门外。一片有点荒凉的空地里，一幢新落成的小洋楼孑然独立。它有一带围墙，显然房主人是想同时经营起一座小花园的。但我家租住这所小楼时，花园并未开工，只有一园荒草。倒是小楼红墙白窗，美观精致，称得上是那个年代引领新潮流的洋楼。楼上的布局合理实用，正中是一个大客厅，客厅后面靠楼梯处是一所小饭厅。客厅两侧是前后两大间正房。右侧朝阳的前室是父母亲的卧房，后间是母亲的大储藏室，用现在的叫法是一间大更衣室。左侧的前室是我和妹妹的卧房，两张小铁床铺着淡绿色贴花的床罩，既淡雅又富有童趣。床罩上摆着我和妹妹最心爱的玩具洋娃娃，会眨眼，会发出哭声。我的是粉衣粉裙，妹妹的是蓝衣蓝裙。朝阳的一面是两扇大玻璃窗，右窗下是我的书桌，左窗下是妹妹的书桌。我们卧房后面的一间大概就叫客房了，平日似乎空着，父母亲老家来人时才有人入住。记得我们刚住下不久，故乡新化的奶奶就在八叔华圃的陪同下来过。那天正好父母都不在家，大门一开，我看到一位相貌和父亲有几分相似的人搀着一位老妇人进来，我马上意识到老人肯定是奶奶，就拉着妹妹一道跪下叩头，并且招待他们进入客厅。父母回家后都称赞我“通灵”。奶奶和八叔华圃虽然重男轻女，但也称赞这一对孙女懂得礼数。

楼下的格局和二楼是同样的。但没有租给我们，布置简单多了，住着为房东看守房子的两夫妇。可是我们也习惯地称呼他们为房东和房东太太。记忆中房东太太亲手喂过妹妹吃鸡蛋羹，她喜欢小孩，对妹妹特别好。她脸庞清秀，妆容朴实，名字叫王馥霞。我永远记得这个名字，为了我是第一次认识这个“馥”字，觉得它非常美；也为了房东太太的善良温婉，和她后来的悲惨命运。

我们全家是1937年夏天结束在香港的逃亡生活回到内地来的。后来我才知道，那时国共已开始联合抗日，父亲才敢于回来。当年我刚满八岁，在市立第三小学上四年级，妹妹上一年级。我因为喜欢上学，对新的学校很有感情。记得四年级班主任是位女老师，姓张。我此前因为年龄小，同班同学都没记住名字，这次我记住了一个男同学的名字，叫龚正元，一个光头的结实的男孩，名字简单好记，便记住了。真希望他能看到这本书，认一认七十八年前小学四年级的同学。那时母亲给包了一辆包车，接送我们上下学。包车即私用的黄包车，比较干净光鲜，座位有椅套，车轮前有挂灯，踏脚处有铃铛，像汽车喇叭似的，可以踏铃开道。我觉得很好玩儿，但因为个子小，够不着，又不想招摇，竟一次也没踏过那个铃铛。

那时我对世事和国事都处于懵懂状态，只听父亲说过“飞机”“飞艇”“炸弹”这一类新奇的名词；每天黄昏时刻也听到过火车站那边传来的军号声。虽然是军号，但不知为什么总觉得凄凉而悠远。听大人说，那是火车在运兵打仗了。原来卢沟桥事变已经发生，中日已经交战。我小小年纪，也曾在“九·一八”那天的晚饭桌上，听到火车站方向传来的国歌声（那时的国歌即国民党党歌）而肃然起立，并痛斥那位来我家吃饭的大学教授不念国耻，只顾喝酒吃肉。

1937年11月的一天，天朗气清。午饭后我和妹妹在楼下的门前玩耍，房东太太和保姆也都在一边闲谈。突然听到头顶有飞机的轰鸣。当时我们对飞机都很陌生，觉得新奇，又都认为那是中国的飞机，便都欢呼雀跃，朝飞机拍手。但突然发出一声巨大的爆炸声，然后是弹片砖石横飞，把大家都震呆了。我只记得被妈妈（不知何时从楼里跑出来的）牵着小手，没命地朝田间奔跑。洋楼的四周并无别的房舍，不远处都是农田和沤粪的大池，我们跑到农田中一处小席棚子里坐下。母亲惊魂未定，说不出话来，我则还不知道害怕。这时可能又听到几声震耳欲聋的爆炸声，身旁有一位短打的农民模样的人朝母亲说：“这位太太，你那是怎么了？”母亲一摸鬓角耳后，才知道是流血了！

当时并不知道是弹片还是别的什么打的，也顾不上害怕。听到大家说敌机走了，就忙牵着我往回赶。

回到家门只见一切都变了样儿，花园的围墙整个倒塌了，曾经非常漂亮的洋楼主体也歪歪扭扭变了形。还好，妹妹被一个曾在我家帮过工的老刘背着。妈妈扑过去向老刘感谢，察看妹妹有无受伤。只见她衣着还完好，手中紧握一张作为玩具的骨牌，只是鞋子少了一只。老刘说：周太太，我听到炸弹响，估计这边出事了，赶忙跑了过来。走到围墙边，只见二小姐压在围墙下，露着上半截身子，正数着骨牌点子呢。我就把她刨出来了。母亲自是千恩万谢。再查点其他人数，爸爸那天正好有事外出，免于此难。其他人呢，稍后一点才知道：敌机在这所房子的前后左右扔了四个炸弹，保姆们是从院子的大门往外逃的，正好和第二个炸弹碰个正着。老刘看到她们的肢体零散着挂在院门外的树上。房东太太是领着妹妹往花园跑的，倒塌的围墙正好把她压着。妹妹幸好上半截身子露在外面，被老刘救出。至于房东太太是何时救出的，我记不清楚了。只听说人早就不行了，但手中还紧紧握住妹妹那一只小皮鞋。可怜一尸二命！原来她已有身孕，怀的小宝宝大概有五六个月了。

却说我和妹妹这时还不知道害怕，只明白再也进不去这个家了。我第一次住这么漂亮的房子，而且是新的。不过当时最惦记的还是洋娃娃，因为这是我艳羡多时才得到的礼物，是因为要离开香港回国了，母亲才下决心为我和妹妹买的礼物。但这时大人们告诉我，洋娃娃已面目全非，惨不忍睹了。我不记得是看了一眼还是一眼也没看着，这个我一生中拥有的最贵重、最美好的礼物就离我而去了，从此我再也没有过洋娃娃。还应该一提的是母亲费尽千辛万苦购买并托运回来的钢琴，也被震得四分五裂了，这是专为我们买的，而我学琴还不到半年。后来这架琴虽辗转随我们逃难回到故乡新化，但始终没有条件修好，我也再没碰过它一次。

以后呢，我只记得当晚是睡在一条木船上。这条泊在湘江某处码头的木船应该相当大，因为它放得下小铁床。母亲仍然把被子两端钉的小布带牢牢系在铁床的栏杆上，防止我们蹬被子。但是船上很冷，江水不停地涌动，也不停地推涌着木船，摇晃着挂在船舱内的一盏马灯，令我头晕不已。回到陆地上以后，很长一段时间还觉得地面在摇晃。总之，从这一天开始，我们没了家，我们辍了学。然后开始了八年的以逃难为主的抗战生涯。六岁的妹妹每到晚上就害怕得睡不着觉，因为那天老刘背着她四处找我和妈妈，一切悲惨的、恐怖的景象她全看到了！放到现在，应该马上得到心理医生的诊治。可是那时候，她只能推醒我，让我陪着她（我有时还很不耐烦）；或者惊醒了父亲，来到床边为她讲讲故事。

庆幸的是这八年苦难令我更加爱国，令我们那一代少年儿童更加爱国。我们很快学会了《义勇军进行曲》《大刀进行曲》《慰劳伤兵歌》。前两首歌几代人都耳熟能详了，后一首知道的人就少一些。但当时很流行，我和妹妹都会边唱边舞：

你们正为着我们老百姓/为着千万的妇女儿童/受了极荣誉的伤/躺在这病院的床上//帝国主义为着要逃脱/这深刻的恐慌/他们是这样的疯狂/……/他们要把中国/变成一个屠场/任他们杀/任他们抢/飞机还在不断地扔炸弹/大炮还在隆隆地响/我们要拼尽最后的一滴血/守住我们的边疆//

歌声中，我们比别的年代的孩子成长更快，懂事更多。我们认清了日本军国主义及一切法西斯是我们的头号敌人，有了国恨家仇。

2015年6月14日

北京

附记一：小吴门外的小朋友（上）

小吴门外的新楼是我童年的梦中家园。新楼的一园荒草是我童年的梦中乐园。闭目想想，一幢新楼，一带新的围墙，围住的却是一园荒草！大人们眼中那项未完的工程，却是孩子心目中最好的乐园。这个乐园不是我独自发现，而是和我的一位小朋友果熙舅舅一道发现的。果熙舅舅是我母亲的大姑夫的儿子，但他的生母却并非大姑姑，而是大姑夫在外面救赎回来的樊姓女子。母亲叫她樊姨，我们则叫她樊姨奶奶。她是第一批到小吴门外作客的亲戚，父母招待她打麻将，她带来的儿子果熙就和我们一道玩儿。他比我大两岁，有一双聪明的会笑的眼睛。因为他的到来，我们第一次被准许到花园中去玩儿。啊呀，真好啊！一园的草都有半人深，我们在草中追逐、翻滚。我第一次认识狗尾巴草，并学着把它编织成小狗和小鸟。果熙舅舅很顽皮，举着编织的小狗向我们说："一鞠躬，二鞠躬，你和狗结婚！"于是我们就拼命追赶他。其实追上了又怎样呢？我们就这么不知疲倦地追呀，玩呀，感觉那一方草地真是无比地美妙。我记得他第二次来的时候，彼此都特别高兴。但他身边多了一位小姐姐，瘦瘦的，白白的，不笑也不说话。这位小姐姐在家排行第五，他叫五姐，我们叫五姑。（为什么母亲的亲妹妹、叔伯妹妹、表妹，我们都叫"姑"而不叫"姨"呢？这是母亲一项"维权"的举措。据说和父亲结婚时，父亲答应入赘魏家，因此母亲的姐妹我们一律叫

“姑”而不叫“姨”。）矜持的五姑不和我们玩儿，我们不好意思地待了一会儿，就和果熙舅舅追逐着玩开了。

果熙舅舅的父亲（我们叫大姑公公）是长沙的富商，为人豪爽仗义，曾让我们到他家去躲过警报（即躲日机轰炸），他家花园里自己修了一个防空洞，但不久他们一家也逃难回新化了。

我们回新化后，和果熙舅舅也没机会见面。一直到1941年，我家在广东韶关相对稳定后，果熙舅舅从其他到过韶关的舅舅姑姑处，知道了我的情况，才开始了我们的通信。我发现他的中文功底不错，字也很秀气，信中有不少诗词，如“人面不知何处在，桃花依旧笑春风”之类。我那时已阅读了一些进步理论书籍，并受到抗战文艺的影响，感觉出他有点消沉，在信中给过他鼓励。没想到的是，就此引出了另一位朋友——他的姐姐五姑。五姑从我和果熙的通信中重新知道了我，写来热情洋溢的信。那时由于我的好学，我的艰苦朴素，在亲戚中有些好评，受到舅舅姑姑们的喜爱。（玫叹曰:旧社会也以俭朴为美德!）因此对五姑的示好，并没引起特别的注意。但这位五姑太热情了，她的字很娟秀，文笔也清新流畅，在反抗封建、追求进步这方面我们有共同语言。她甚至还提出成立“女儿国”的构想，一切均由妇女掌权（我自然告诉她那是不现实的）。她又热情地为我定制印有“湘玟用笺”的信笺，包括印有“湘玟缄”的信封，它们一色白地红边，美观醒目。还亲自为我用特制的丝线钩了两双鞋，一红一白，非常漂亮。我后来从韶关逃难到梅县，又从梅县复原到广州，她都积极地寻找我，书信不断。我进入中大后，学习工作都忙，对自己有了更高的要求，又参加了许多实际工作，已没有时间精力分给书信上的“纸上谈兵”了。但她仍然执着地追寻着这位只在1937年见过一面，而且当时并未交谈过的“小朋友”。我到香港后，有意识地断掉许多书信来往，但她竟然从一些亲戚处知道了我的地址。

于是，大家都知道，她不但自己找到了我，也为汪洋找到了我（见拙著《众里寻她》）。

我不相信缘分。但想过：从1937年到1950年，假如没有一种书中叫“伏线”，传说中叫“月老红绳”的力量，而且这种力量能历经战乱（八年抗战、三年解放战争）而不断，安全隐伏十三年，并终于在关键时产生作用，我和汪洋在四万万人口的茫茫人海中是无法相遇的。而这条伏线，这段红绳，竟然掌握在一个白皙瘦小的女孩手中。这个女孩和湘玟只在1937年的小吴门外见了一面，并且一句话也没交谈过。

这个小女孩，这个当年小吴门外的小朋友五姑，就是潘荻。她后来成了汪洋老上级沈启贤的夫人，成了一位优秀的资深记者，识人无数，助人甚多，隐然有侠女风范。

2015年6月29日

勿忘庐

附记二：小吴门外的小朋友（下）

在我和五姑通信之后，和果熙舅舅的联系反而少了。没想到的是，1948年我们在南京竟见上了一面。那一年，父亲失业三年之后（他是从抗战胜利、内战开始后便失业了），在南京终于找到一个职务——经理署长，前缀是什么，即什么部门的经理署长，当时我没太注意，现在更说不清了。他在南京租了房子，小心翼翼地把墙壁刷成母亲喜欢的浅蓝色，置办了家具，迎接我们到南京去。地下党组织给我的任务是，随家北上，到南京后设法转入金陵女大，充实那儿地下党的力量。（玟注：当时上线到车站送我时又改为："你一定要想尽一切办法回来！"于是我在暑假结束后，想尽办法，争取回到了中大。此是后话不提。）

我在南京的三个月正好是暑假。果熙舅舅也到了南京，好像还住在我家。那时距离我们1937年的初会已经十一年了，我们都长成了大人。久别重逢，大家都很高兴。我们一道看过电影，我们同乘一辆三轮车回家，车上第一次共同回忆小吴门外的童年往事。彼此很感慨，但不是感伤。最难忘的是我们三人（连同妹妹）一道畅游玄武湖，小船在盛开的荷花荡里游弋。玄武湖的美让我震惊。它不但有湖，湖中还有洲。五个洲各有各的景色，而通着的湖水却遍是荷花。一眼望去是满满当当的荷花荡，可是小船在荡里却能找到四通八达的水巷。更难得的是，绕湖竟有一圈雄伟的城墙，在夕照中深情地守望着半城山色和一壁湖光。

不是南京，绝无此景！此景只应南京有。我们在船上唱了歌，果熙舅舅想必也十分陶醉。游罢回家，我们都觉余兴未了。晚饭后相约填词。我们都填得很快，但记不得是谁先交卷的了。我们先读他的，然后共同读我的。我的是一阕《西江月》（我不用词谱而记得住格式、平仄、韵脚的，只有《西江月》等少数词牌）：

短棹乘风若梦，轻篙点水凝愁。薰风十里暗香浮，柳重花秾人瘦。　　山色半城依旧，湖光一壁还留。此情如水忒轻柔，蓦地风前吹皱。

他读了我的，便把自己的团了，我抢也没来得及，很遗憾，没好好记住他写的。

我们再一次见面是在1950年。我住在《香港学生》杂志社，一次回家，看到他来了，是从湖南来的，而且是找我父亲。事后知道是因为他家解放后生计困难，奉父命带了几幅字画来港，想请父亲代卖。香港懂字画的人很少，急切间也出不了手，父亲只好自己给了他一笔钱，留下了字画。说到他家和我父亲的渊源，是从1937年父亲刚回长沙时开始的。那时父亲没有工作，家中又遭轰炸，果熙舅舅的父亲是看好我的父亲的，给过他帮助，认为他必非池中之物。父亲深感他的知遇之恩，以为可以慢慢回报。谁料很快地内地来回香港的途径被截断。未几，果熙舅舅的父亲又惨遭镇压。自此潘家姐弟开始背上“有杀父之仇”的罪名。

四十年后，果熙舅舅的三弟（我叫三毛舅舅）要为他父亲的冤案平反，找到了我。我才知道他父亲的全部罪名只是派果熙舅舅赴港与我父亲联系。我父亲送他的钱便是特务经费。我一听又惊又急，告诉他：如果仅仅是这样的“犯罪事实”，那么马上可以平反。因为我的父亲周游不是特务。我的历史结论中明明白白写着“周游既无特务身份，也无特务活动”。他可以马上找我的组织或汪洋的组织查证即可。经过三毛舅舅的苦苦奔走，他们父亲的冤案终得昭雪了！我初见三毛舅舅时他还很小，白白胖胖的，不足三岁。解放后学习优秀，但因为“有杀父之仇”的罪名，大学期间便被发配到新疆劳动改造。他自强不息，经受住了考验。天赋加勤奋，后来成了卓有成就的翻译家。特别是那么勇敢地站出来，做了姐姐不敢做也不便做，哥哥没有能力做的事——为父亲平反昭雪，这令我非常钦佩。也就在他为父亲奔走的这段时间，他回乡见了他的大哥——果熙舅舅。他写信告诉我，遭到多年的折磨，果熙舅舅的精神早就完全垮了。走在县城的街上，孩子们都尾随着他，叫他“潘癫子”（疯子之意）。但他非常清醒地告诉他的三弟：我和湘玟小时候是好朋友。

2015年7月2日

第三记　楚湘街　茶花

(1937年12月—1938年7月，长沙)

我家在长沙的第二个住处是楚湘街的一所大宅子。大门临街，围墙严实。主楼二层，是有点洋化的老楼房。主楼一侧有一所配楼，我记得门窗板壁全是木制的，应该是一座木结构的楼房。房间不多，但都方正通透，光线极好。二楼还有复道（两楼之间的空中通道，有覆盖）通向主楼，且是便捷。主楼前是一处不大的庭院花园，花园中没有别的花木，只有一大圃茶花，密密的，不下数十株。现在想来有点费解，主人为何独爱茶花。配楼前是一处天井，正对配楼是一座大花厅，面积有一个篮球场大。我进去看过，里边堆着一些防空用的沙包麻袋之属，没有花（当时天真的我以为名叫花厅，应该有花）。只有一次我在门外闻到一股“香”味，偷偷探头一看，原来是有人躺在一张榻上吸鸦片。吓得我和妹妹连忙跑开。一个人躺在那么空落落的花厅里吸食鸦片，想来是要瞒着家里人吧。

说来房主人是我二姑姑的公公婆婆，母亲叫他们七姨丈、七姨娘。我们则唤他们七公公、七奶奶。他们在故乡新化是名望显赫的书香门第，在长沙经营什么，当时不知情，现在更茫然了。只知道他们慷慨地把我们一家从船上迎进这所大宅子，安排在配楼。等到他们全家逃难回新化时，我们便搬入主楼，一半算看守房子，一半算借住了。

七公公、七奶奶有七个子女，长子留学当时正念大学，后来随学校去了云南，毕业于西南联大。他就是二姑姑的丈夫，我的二姑丈。他的大妹妹道学当时正念中学。道姑姑所在的福湘女子中学是长沙首屈一指的名校，有一次举行恳亲文艺演出，妈妈还带我和妹妹去参加了。道姑姑那时大概只有十六七岁，接待我们时，穿着花枝招展的舞蹈演出服，皮肤白皙，笑容妩媚，还带点羞涩，我觉得漂亮极了。二妹理学文静寡言，念书很用功，年龄约在十四五岁。三妹性学约在十一岁左右。最小的男孩清学还只有三岁。他们和我年龄相距都有点远，当时玩儿在一起的是八岁的四妹特学和六岁的男孩祥学。特姑姑脸蛋白里泛红，不单模样漂亮，智商也极高。她性格沉静，不露锋芒。但和我比赛做题时，是一个令我钦佩的对手。祥舅舅穿一身黑市布小学生服，脸蛋红扑扑的，和他的大哥留学、大姐道学有着相似的令人难忘的笑容。（长大以后他说过：这是他们陈家特有的一种高贵的笑容。我心中是认同的。）他们兄妹七人毫无富家子弟的骄奢之气，而且学习成绩都很好。我们玩游戏时，他总是担当头领，举一面纸旗冲锋在前。我和特姑姑比他年长，但都心甘情愿地充当他的士兵，跟随在他身后。从这间屋跑到那间屋，直到大家的脸上都沁满汗珠。可惜这样的欢乐并不长久，战事吃紧后，他们全家逃难回新化了。

此后，我们一家便单独住在这所大宅子里。我记忆中楚湘街的岁月是亮色的。首先父亲有了工作，担任某部兵站分监，家里常有下属来往，人气明显地兴旺起来。忙活了一阵交接任命之后，父亲便上了前线。这个“前线”在哪儿呢？我只记住了一个地名——阳新，湖北阳新。后来知道，应该是参加了武汉保卫战。家里除了母亲带领我和妹妹以外，还有一位母亲的三妹，我们的三姑姑。她在香港高中毕业，小吴门外房子挨炸前她正在一所私立大学上大一。另外还有一位是来找差事的老乡，年龄不过二十来岁；一时安排不了工作，也在家中住下。现在想来，父母还是挺重乡谊的，从此时开始，家里就不断地有老乡住下来找差事。

这时第一件让我难忘的事，是母亲登报为我和妹妹招聘家庭教师。记得条件除了大学毕业以外，还要求是北平人，因为想让我们打下北平话的基础。（我们当时的母语是新化话和粤语，学普通话一般都会带有口音。如果是童年开始学便易于矫正。现在想来，母亲真有远见。后来我在中学时演讲比赛获冠军，而且被人邀请参加话剧演出，想来与此有关。）招聘启事见报后，应聘者不少。因为战线南移，不少北平的大学生都逃难到了长沙。面试经过我不知情，但最终入选的是一位清秀端正的女老师陈友莲，又名幼廉，河北清苑人氏，毕业于北京师范大学。陈老师温和安详，尤其一口纯正的北平话非常动听，受到了全家的欢迎。母亲安排她住在配楼的一间净室，教室则在花厅前首的两间小厅里。小厅里除了作为课桌的桌椅外，还有一架风琴。每天下午的音乐课陈老师都为我们弹琴伴奏。记得一首叫《放学》的歌：

大家快听什么声/大家快听什么声/这是放学的铃声/这是放学的铃声啊——啊——啊啊/

一天功课已完毕/放下书包去游戏/你上秋千/我上滑梯/大家都笑嘻嘻/

齐唱chuai啦——啦啦啦啦啦——啦/齐唱chuai啦啦啦啦啦啦——/齐唱chuai啦啦啦啦啦啦/齐唱chuai啦啦啦啦啦/chuai啦啦啦/chuai啦啦啦/chuai啦啦啦啦——啦/

记述到此，我突然非常希望再见到陈老师，或者是会唱这些歌的当年的小朋友们。改革开放的80年代，我刚在北京定居不久，曾经萌发过登报寻找陈老师的念头。但那时国内报章没有刊登寻人启事的先例，我不知道该如何去着手，终于还是放下了。现在陈老师如果健在，也是超过百岁的高龄了。至于《放学》歌，我在湖南、广东两地自此再没听到过，想来当时只流行于北平一地，我和妹妹有幸跟陈老师学到了。

当时上午的课程主要是国文（即语文）和算术课。

一切都尽量按照正规的学校课程进行。那一段我们的进步都很快，尤其是所谓的北平话（普通话）。我的作文这时比较放得开一些，有一次文章的结尾我大胆地写了两段新诗，有仙女在天上坐着八宝车追逐云彩的想象和描述，而且不自觉地押了韵。家里的大人们都很欣赏。好像自此以后，我的作文进步很快。

陈老师教我们的时间不太长，她的先生来长沙和她会合以后，她便离开了。这时母亲在求职的老乡中，找了一位国学功底比较好的教我《孟子》。不过在长沙时并未读完，我们便逃难回新化了。后半部是在逃难到韶关后，由另一位老乡李老师授完的。在李老师的课上，我开始用文言文写作。记得李老师有一次的评语是："天下英才一石（此处读"旦"，十斗之意），吾得八斗而教之，不亦乐乎！"

1938年的春天来了。前院的花圃开满了娇红欲滴的茶花。我第一次看到茶花，而且开得那么多，那么灿烂。于是我和妹妹课余的时间大半都绕着茶花玩游戏。我还认为，茶花树的叶子一定是茶叶。于是带领妹妹采撷茶叶——把每一片树叶的尖尖掐下来，收集到小篮子里。我们做得认真而虔诚，满心盼望能让大家喝到新鲜茶叶泡的茶。至于它们后来变没变成能泡茶喝的茶叶（当然不可能），我也记不得这个游戏的收尾了。1982年我到云南时专门去寻找茶花，只觉它和童年见过的茶花浑不一样。当然，云南的茶花也很漂亮，但花瓣是宽而下垂的，有点慵懒。楚湘街的茶花花瓣繁复，花朵劲挺而整齐，直到凋谢也不改其雍容端正。长大一点以后，读过小说《茶花女遗事》，也看过茶花女的话剧和电影，但美丽的茶花女手捧的并不是楚湘街的茶花。为此我总有点淡淡的惆怅。不过我的《植物学》没学好，对花草的辨认也很低能，到现在也不知道茶花有多少品种，更不知道上哪儿能再找到楚湘街的茶花了。

随着茶花的盛开，家里真来了一批堪与茶花比美的少男少女。他们是母亲的表弟和表妹们。父母逃难回乡后，他们还留在长沙上学，上的都是当时的名校，男孩子们上的是雅礼中学（与耶鲁大学挂钩的教会学校），女孩子们上的是福湘女中（附设益湘小学也是名校，我曾希望能考入这所学校。不过这些美梦都被日本鬼子的铁蹄踏碎了）。他们周末和暑假都来我家聚会，笑语欢声，把小配楼的客厅塞得满满的。

当年正在热映的电影《夜半歌声》，我虽然没看过，但却跟他们学会了影片中的主题曲《夜半歌声》（部分）、插曲《热血》。学会了《风云儿女》的插曲《毕业歌》，还有李叔同的《送别》，外国名曲填词的《骊歌》（现名《友谊地久天长》）等等。不过这些欢聚的时日也并不长久，很快，随着战局的发展，母亲也要带领我们逃难回新化了。临走前夕，一群舅舅姑姑们围在电灯下和我们话别，我受到《送别》的启发，填了一段歌词：

电灯下，围桌边，人人泪涟涟。晓风拂，细雨连绵，太阳初出天。

山之麓，水之涯，好友情牵牵。一杯旨酒尽余欢，愿君勿相忘。

席间有一位阿姨是我表姑的同学，很喜欢我。当即为我的纪念册题写了一段话：

湘水清澄，玟石晶莹，我永远忘不了我们的湘玟。

这段话朗朗上口，而且首二句还嵌上了我的名字“湘玟”。我当时就很喜欢。七十八年后的今天还记忆犹新！这位阿姨很有文采，可惜连她的名字也没记住，更无法“寻人”了。

当时还有一位借住在我家配楼的李叔叔，是父亲的朋友、某省财政厅厅长的儿子。我和妹妹在大人的言谈话语间似乎感觉到他和我们的三姑姑有点特别的关系。因此有一次他指着一本画报的封面女明星貂斑华说：这有点像你们的三姑姑。我和妹妹马上咯咯地笑着跑到主楼，把这话传给三姑姑和妈妈。李叔叔大概很喜欢我，为我填过一首歌词（用的《卖花姑娘》的曲子），和我们一同歌唱：

小小姑娘，敏慧非常；活泼天真，美丽漂亮。（反复一遍）

离别前夕母亲让我们按时睡觉，她和一些姐妹还有李叔叔在我们睡房的外间话别。只听母亲说：“阿玟很重感情，她舍不得你们。孩子说不定哭了。”我都听到了，很想告诉她：我是舍不得那些叔叔、舅舅、姑姑们，可是我没哭。但又不好意思说。一会儿，听到李叔叔进屋来了，我只好装睡。李叔叔摸了摸我的脸，叹了口气，在我脸颊上亲了亲，出去了。

我们离开长沙的时候确实是第二天的清晨，下着小雨。母亲带领我们全家和众多的行李，溯江而行，进入资水，向母亲的故乡新化枫林进发。

回到新化我收到过李叔叔一封信，这是我一生中收到的第一封来信。我特别高兴。记得称呼是“湘玟小友”，第一段说的是送走我们后他的难过和想念。信是满满的两页，我都能看懂。但好像是母亲不让我看了。以后他又来过一封信，母亲干脆没想让我知道。再以后可能就断了信息了。我搞不明白大人的意思。可我知道，一位疼爱我的叔叔就这么离我而去了。

2015年6月28日

第四记　枫林　一棵枫树

（1938年7月—1939年3月，新化）

1938年夏天，我家回到新化枫林。妈妈让我和妹妹穿着漂亮的裙服。这种裙服即使在香港也是高档次的，我们对它的爱称是“蝴蝶衣”。顾名思义，它的造型、色彩，确实像蝴蝶般美丽。洋气的蝴蝶衣露着大腿，闭塞的故乡人初次见识，都悄悄耳语：两个小姑娘穿没穿裤子？我和妹妹按照母亲的吩咐给祖先叩了头，给长辈叩了头，便开始接受长辈和乡亲们的抚爱和问话。

母亲的家是祖屋，由在新疆当过大官的祖辈建造。(玟按:有关这些祖辈的考证见附录。）气派的屋顶，粗大的柱子，当时已经都是灰突突的了，因此不记得有无雕梁画栋。正屋现由“二房”——我的外祖父魏祝民（行二）住着 (外祖父资料一并见篇末附录)。一进大门的厅堂又高又深，让人觉得自己渺小。大厅正中好像是供着祖先牌位，因为大条案上有一个大香炉和相应的摆设（香炉里燃尽的香棒是孩子们一种游戏的玩具）。大厅左右两侧各有一组厢房，房间较多，布局也比较讲究，不像北方的房子只有里外两间。左侧厢房（右侧厢房的格局应该相同，但我已没印象）的第一间是全家的饭厅，饭桌比一般八仙桌略大，桌面较高，桌腿较长，为的冬天桌子下面要生一个火盆，火盆要有一个构造精致的木质方形镂空罩子，便于就餐者烤火而不被灼伤；再一个大用场，是烤火者可以把腿搁在罩子上取暖，如果再盖上一张毛毯，就更加其暖融融了。这种桌子俗称“火架桌子”。我记忆中母亲多和兄弟姐妹们如此取暖闲话，我们也有时凑热闹把小脚伸进毯子里取暖。从饭厅往里走，大概还有两三间房屋，妈妈领着我们住在其中的两间。房间没有朝阳的窗户，光线不好。家具满满当当的，床非常大，四根柱子再加上四根横杠，有点像一所小房子。帐子很讲究，帐帘和横披绣着花，横披上的花中还绣着八个字“惜花早起，爱月迟眠”。这些房间中的一间有个后门，可以直接通厨房。我经常在晚饭前用个小杯子去厨房要点米汤，回到房间再由妈妈调点白糖喝下去，感觉味道美极了。但这种米汤只有南方做饭的方法才有：米饭在八九成熟时捞入饭甑（形状像木桶）内蒸熟，剩在锅里的米汤便又浓又香。饭甑里的米饭也不硬不烂，很有嚼头。尤其是新下来的红米焖饭，我没有菜也能吃两小碗。离开故乡后再也没吃到过那么香的米饭。

正房的东侧是一座二层配楼，类似北方正房两侧的厢房，也显得很古老了。由“五房”和“七房”住着。我们回去时五公公和七公公都已不在，只见到过五奶奶和七奶奶。她们的房间我没进去过，只上过二楼的带栏杆的大走廊。二楼尽头有一间大房子，是全家“家塾”的课堂。课堂里有两张大方桌，老师用一张，学生用一张。课堂朝西有一扇悬空的门，全无遮挡，打开即踏空，稍一不慎便会掉下楼去。我不明白为什么要设这么一扇门，把它做成窗子不好吗？

正房东侧的配楼已经拆掉，现在盖起一座新的二层楼房，灰砖灰瓦，没有小吴门外的小楼漂亮，但也宽敞明亮。我们刚回去时还没完工，完工后我们便从正屋搬进了新楼。这楼住的是四房四公公、八房八公公。房子是八公公出钱盖的，他和四公公是同胞兄弟(和我的外公是叔伯兄弟)。八公公大名魏乔年，年轻时便热衷于中国的电影事业，在长沙设有百合影业公司，并有很大的一家百合影院。母亲带我们去看八公公时，我进那影院玩过，那也是我第一次进入没放电影的影院，黑乎乎的，空落落的，既不瑰丽，也不神秘，令我很失望。“百合”之外，八公公又开设了一家银宫大影院，很是气派，印象中不比香港的戏院差（不知为什么，香港，包括广州，都把影院称作戏院）。八公公把我们安置在新房的二楼东侧两间大屋，自己住在西侧。楼下是四公公一家和他们的母亲——我们的太奶奶同住。

我们回乡不久，家塾就开课了。学生不多，但程度不一，老师只好采取一对一的讲课方式，即为一个学生点书时，其他学生自行温书。记得老师每次只教你吟诵一遍，起个断句和认识生字的作用，内容和意义从未讲解过，这些都是后来自己悟出来的。老师是一位微胖的中年人，长袍马褂，大腹丰腰，赤面多须，戴一副黑边眼镜，桌上果真有一把戒尺，但我没见过他用来打学生。我在那儿读了多篇《古文观止》中的文章。印象最深的是一首没有课本，由老师口授的长歌行："天台山高万八千，中有窟穴藏神仙。相传汉朝刘与阮，两人采药山之巅。一重桃花一重水，花光入水云霞起（?）。四顾无人忽有声，一双玉女来烟里。……"引号中的诗句我是背诵着写下来的（可能个别字有误），可惜记不得它的篇名了，长大后也没在其他的书卷中找见过，但知道了它是名篇。我当时想，老师凭背诵口授，肯定很喜欢这首歌行。学生中我可能是背书较好的一个，因为每天回到家里要背给妈妈听。稍有磕巴，妈妈便会把书一摔："再读十遍！"最好的情况也是："再读五遍！"现在想来真感谢妈妈的严格，也感谢这种学习语文的方法——背诵。长大后构思文章或诗词时，脑中存储的词语便会纷至沓来，予取予求，不虞匮乏。

我儿时读的第一本小说是巴金的《雾》，从三姑姑那儿借来（她随母亲在香港读高中），那年我七岁。基本上可以饶有兴味地读下来，到现在还记得女主角的名字叫张若兰。可这时要找到课外读物就太困难了，只能遇到什么读什么。读过的文言小说有《萤窗异草》《玉梨魂》等，俚俗的有《绿牡丹》等，半文半白的有

《精忠说岳》等。《红楼梦》《水浒传》只读了片段，这都是趁姑姑舅舅们不读的时候，“捡”过来快速抢读的。只有《说岳》好像是一册新书，是不是妈妈给买的呢，记不得了。对我影响最大的也是《说岳》，它唤起了我心中爱国爱民、疾恶如仇的豪气，终生不渝。

村名枫林，该回过头来说一说村口的那棵枫树。说是“村”，我印象中除了魏家三座房屋以外，再也没见过其他居民。说是村口，其实那儿离魏家大屋很近，枫树虽有两人合抱那么粗，但不觉霸气。安静地立在一座小石桥的旁边，非常得体。过了小石桥就是一口大鱼塘，然后就到了魏家大屋的门首了。说是枫林，但只有一棵枫树，至今不解为何地名能叫枫林。枫树身旁有一栋新盖的二层楼房，是村里的小学校，也是八公公出钱盖的。我们回乡时它还没竣工，我们离乡时它也还没启用。现在想来多半是钱的问题。两座楼开工的时候，时局可能尚好，可是后来战局愈来愈糟，八公公在长沙的影业受到致命打击，他可能有点捉襟见肘了。怪不得那时听妈妈对其他大人说过：她好几次发现八公公站在铁道上眺望着两座新楼叹气。所谓铁道，是国民政府兴修的通过新化的一段铁路，紧挨着小学的新楼。但只有路基，没铺轨道。可能受时局影响，我们回乡将近一年，它也只是敞露着红土筑成的胸脯，寂寞地俯视着枫树和魏家大屋。只有孩子们玩游戏时，从高高的路基上滑下来，把它当滑梯玩儿。

我们在枫林度过一个春节。我记忆中最富于年味儿的春节当数枫林。离春节还有两个月呢，能干的当家人便着手准备了。比如这时会请来一位裁缝，吃住都在家里，为一大家子做新衣。当家人管吃管住，做新衣的各户自己出布料，出工钱。这当然要比进裁缝铺做衣强，何况还能改来改去，并且监视着取回剩余的边角布料。那年妈妈替我和妹妹做的是一件大红本色花缎小棉袍、一件黑市布罩衣。日常罩衣上还会加一件大红敞胸小毛线外套（湖南人管毛线叫绳子）。这样，我和妹妹的日常穿着就是一件大红缎子棉袍，外罩一件黑市布罩衣，再加一件大红绳子衣。一般的时尚穿法，旗袍里边只能穿长筒丝袜，不能穿长裤。但我们是小孩，妈妈又怕我们冻着，因此里边穿的是一条大红绳子长裤。连着几年如此，为此我很长一段岁月不喜欢大红颜色，并且讨厌绳子裤。

故乡的春节从大年三十过到正月十五。和孩子们有关的是放鞭炮，拿红包。再就是三十晚上在祖先牌位前吃砧板肉。过年都少不了吃肉，但吃砧板肉都齐集在大厅里，由辈分最高的人操刀，把整块的熟肉在砧板上切开，分给大伙，有一种庄严的仪式感。至于是为什么，当时没问过，现在自然也说不出来。最让我们高兴的是不要上学，不要背书，还可以看到平常难得聚齐的大人们都聚在一起。我们从一间屋跑进另一间屋，大人们无一例外都在赌博。我就是在那一年学会了掷色子，推牌九。小手里握着几个铜板，在这间屋里的桌边挤个空档，大人们宽容地让我们掷两把色子，赢了便欢呼雀跃地跑进另一间屋子，在大人的指导下推两把牌九，赢了便“洗手”不干了，和小朋友玩别的游戏了。小朋友其实大都是我的舅舅和姑姑。他们除了少数比我年龄大一点，多数还比我小，但他们辈分大。有一个抱在怀里的十个月大的小男孩，我一边抱他一边还得管他叫舅舅。

我们刚回枫林时是夏天，三姑姑和她的准男友（追踪到新化的）每晚都出来散步。那位准男友当时正上中山大学，很绅士，西装革履，戴一副金丝眼镜，稍稍走在三姑姑后侧，为她开门，为她让路。三姑姑一袭短袖绸料旗袍，身量高挑挺拔，两手交叉在胸前，很美丽，也很矜持。他和她就这么保持着两指的距离，并排走向鱼塘的方向。步伐的大小，节奏的疾徐非常一致，现在想起来，像经过排练一样。我们小孩等他们走到鱼塘就开始唱歌：

你也走，我也走，你是我的好朋友……
抬头看，天上一个（月亮）
低头看，水里一个
这个，就是那个
那个，就是这个……

他们对我们没有笑容，没有羞涩，两眼直视前方，互相不搭话，就这么绕过鱼塘，绕过我们，走了过去。像一道车窗外的风景，冉冉消失。我开始有点愧疚。因为从小到大，三姑姑都陪在母亲和我们的身旁，是一位仅次于母亲的角色。我加入到调侃她的队伍中，是不是不应该？再则我特别希望她幸福，可是在环绕他们的那团光雾里，我看不到公主和王子的美好结局。果然，孩子的直觉也是准的，他们没成。三姑姑的最终归宿是嫁给她在长沙时一位俄文夜校的同学，这时在重庆当公务员。抗战胜利后三姑姑随他远赴甘肃，再没回过南方，比《红楼梦》中探春的远嫁更为悲凉。其实，她也完全有可能是另一番结局：在香港时，陈铭枢曾动员她上苏联去留学，而且可以很快为她办好手续。但她终于没去（原因我们小孩自然不清楚，不过从她回长沙后上俄文夜校一节，倒可见她对苏联还是向往的）。蹉跎岁月，可能自感不能再依靠姐姐姐夫过下去了，战乱的年代又不能继续上学，最后只好选择了结婚。几位姑姑中，我最亲的一位留给我的，竟是她在枫林鱼塘旁消失的身影，很美丽，但太过凄冷。

秋天，正是枫叶红透的时节。有一天，我玩儿倦了，独自一人跑到尚未竣工的小学楼上，坐在当跷跷板的木板上，突然看到作为教室的里间，有一对男女在拥吻。我虽然小，但也明白那是不道德的。因为女的虽然未婚，但男的是有妇之夫，而且他们之间还是亲戚关系，用现在的话说，绝对是不伦之恋。他们发现了我，男的忙装着是在交代事情，一边连说：“别忘了啊。”一边走了开去。女的也欺负我是孩子，满不在乎地掠掠乱了的鬓发，满足且得意地随后走了。我呆在那儿动弹不得，觉得天要塌下来了。女的是我的四姑姑！在以母亲为长的五姊妹中，她的姿色、智力都逊于其他姊妹，随外祖父从广州回新化后，一直呆在家中，既没上学，也没有婆家，平日是深受母亲怜恤的角色，我们也跟着大人同情她。目睹这幅丑陋的画面，而且是猝不及防，我确实吓呆了！不知为什么，后来我始终严守秘密，从未把这一幕告诉别人，包括母亲（可能只在改革开放后，四姑姑已谢世时告诉过大妹妹)。但我呆在跷跷板上的那一会儿，看着瘦瘦的枫叶黯然飘落的情景，一直恍如昨日。那一番打击，对于一个九岁的孩子，确实是不能承受之重。

冬天，围炉闲话是孩子们感兴趣的事儿。首先，参加的大人们都是兴致很高，不是应景儿来的。桌上可能还有瓜子和糖果。其次，炉火熊熊，非常暖和，大家同盖一张毛毯，有一种非常温暖、亲近的感觉。三来大人们的话题会很有意思，说不定还是平常不让我们听的。我记得在这样的时刻，居然听到母亲和其他姊妹一起，“围攻”八公公，追问他年轻时的罗曼史。他虽然不好意思，但在众多侄女的围攻下，也只好挤牙膏似的，一点一点回答。八公公在长辈中是最年轻的，以母亲为首的侄女们年龄都在二十以上了，这种时候便有点没大没小。八公公跑过大码头，见过大世面，思想又比较开明，因此和这些侄女们常能玩儿在一起，心甘情愿地受围攻。

春天，孩子们对作为季节的春天是不关情的。比如我，当时最关心的是什么时候能脱掉棉袍和绳子裤。但是，枫林却有这么一方“乐土”与春天有关，因而让我记住了枫林的春天。这方乐土其实就是山坳坳里一方平地，除了遍地野花野草外，还有一排排不高的小树开满了白色的花。这在平地不多的枫林说来，非常罕见。在只观赏过盆花和花圃的我看来，无疑就是天堂！但我一直没弄清楚那是谁家经营的地块。当光宗舅舅领着我们到达之后，我们先是撒欢地奔跑，然后围拢在树前欣赏小花。大家发现有许多蜜蜂飞临小花久久不离去时，大一点的孩子就高呼：蜜蜂在采蜜！光宗舅舅（四公公的儿子，比我大两岁）由于是带领我们来的，这时便得意地说："还有好玩儿的呢。"他跑到一旁采撷了一茎树叶，褪去叶子，单留下吸管似的树茎，一端伸进花心里，一端置入口中轻吸，并且让我们也学样儿做。果然，我们吸到了清香的花蜜！很快地，我们几乎把小花都吸遍了。光宗舅舅说："明天再来！"我们便像学生听命于老师那样，跟着他跑开了。以后，我们又去过一两次，每次我都认真地记路，为的以后自己可以单独来。但是，这儿注定不属于我，我也注定不属于这儿。大概这个春天没过完，我就跟随母亲离开了新化，自然也远离了那一方乐土。四十三年后的1982年8月，有一天我走到了离它最近的地方，那是在一列从长沙至昆明的列车上，我打听到列车半夜经过新化，便在到站前半个小时走到了车门前。我从卧铺起来，鬓发有点凌乱，又是穿着睡衣裤，大概神情也有点异常，竟引来一位列车员用怀疑的目光打量我，严厉地问我怎么回事。我告诉她:新化是我的故乡。只在此时，我才知道自己是非常在乎故乡的！我心跳加速，两手紧紧握住车门的把手，等待着，等待着那个熟悉的站名，那一方亲近的土地，等待着吸一口故乡的空气，听一声故乡的乡音。这时，列车长过来了，不远不近地注视着我。我明白了，便主动过去又说明了一次。正好车到站了。我抑制着情绪，礼貌地等待列车长为我开门。她有点相信了，在我下车时笑着说：她们以为你要出事呢。我来不及申辩，快步走下车梯，双脚刚一踏上新化的土地，眼泪便不自禁地充溢着眼眶。忽然一声新化话的喊声隔墙传来，是旅客们的相互招呼。我真想和叫喊的人搭一句话，但当时这么做是不可能的，只能在心中默默地说：故乡！你永远在我心中！

与离开长沙时一样，离开新化时也是一个清晨。只记得一路上经过不少小溪，溪水清澈见底，回流处击打卵石的声音恍如鸣琴。溪边的翠竹形成了自然的屏障。这样的溪水和翠竹，只能湘西有。即使后来在广西的大山深处也见到过别具清幽的小溪，但缺了琴韵（没有卵石），少了灵气。这印证了王勃在《滕王阁序》中那经典的句子："物华天宝，人杰地灵。"若无人杰，焉得地灵？

2015年7月15日

北京勿忘庐

附录：

外祖父魏公讳祝民，自号祝居士。工诗文，有雅致。在广东任过官职，致仕后卜居广州小北九如坊。据传他在襁褓中生母即已去世，父亲也去世较早。

魏氏祖先的资料，较为可靠的有《魏氏族谱》载：

"（魏氏祖先）平江公长子景桐字荫伯公，次子景枚字荫仲公。皆郡学生员，昆仲齐名。同为广西巡抚刘长佑延为幕宾。刘升云贵总督，荫仲公随去云南，惜英年早逝。荫伯公为新疆巡抚隆回本宗光焘午庄公掌管文案入疆。一八九一年辛卯任新疆叶城县知县，与英国勘定疆界，不辞劳苦，英人折服。中日甲午战争时，随光焘公出关作战，牛庄一役，中弹伤手。一八九七年丁酉升知府，署云南粮储道。补授云南开广道，监督蒙自关税务。曾阻遏法军运机器过境，维护国家主权。一九零八年戊申补广东按察使，旋奉命核查广西参奏案件，授广西布政使，兼代巡抚。诰封一品光禄大夫，妣封一品夫人。封翁平江公诰赠一品光禄大夫。"

宗谱所载的"次子景枚字荫仲公"即外祖父的父亲。"惜英年早逝"，我外祖父确是幼年失怙。

宗谱所载的长子景桐字荫伯公是外祖父的亲伯父。其中提到为新疆巡抚光焘午庄公掌管文案入疆，光焘午庄公即赫赫有名的清政府的重臣、曾国藩湘军的继承者，左宗棠的重要助手。据2006年魏网总编所撰《魏光焘墓》载，光焘午庄公是"湖南省隆回县司门前镇金潭人，是晚清政治、军事、外交上的重要历史人物。它是中国新疆地区建省后的第一任布政使，第二任代理行政首长（巡抚），后来他又历任云贵、陕甘总督，后官至两江总督、南洋大臣，总理各国事务大臣”。

从族谱看，他和我的曾外祖父荫仲公、曾大外祖父荫伯公是“本宗”关系。曾大外祖父荫伯公随他一同入疆，在勘定疆界，维护国家主权，中日甲午之战中，功勋卓著。

2017年2月5日

北京勿忘庐

第五记 花艇 小庙 二塘半

(1939年3月—1939年12月，韶关—衡阳)

离开新化枫林，妈妈领着我们到了广东战时的省会——韶关。原来这时父亲升任了某兵站总监的副监，韶关是总监机关的驻扎地。父亲为了圆母亲多年的轿车梦，和那位总监从香港各买了一辆福特轿车。母亲喜欢枣红色，我们的那一辆便是漂亮的枣红色，车型是当年的最新款——流线型。不过我们暂时没有房子住，只能临时租住在一艘花艇上。花艇是广东水面的一种木船的类型，因为它宽敞、舒适，格局有点像住家，多用于人们宴请、吃花酒，所以有了花艇的雅号，其实多数不一定用于吃花酒。比如我们就租来作为临时的住家。这艘花艇十分宽大，除了船家的住处、厨房、厕所以外，其主体部分是两头两个房间，中间一个大厅。所谓房间，也就是用板壁隔成，正中有屏风式的折叠门，而且比大厅高出一些，需上一级台阶。母亲把船头的一间作为父母的卧室，中舱的一间是我和妹妹的卧室，居中的一大间是客厅兼餐厅。卧室可以摆下双人床，餐厅可以摆下宴会桌，格局之大，可见一斑。我记得有一次请王铮中将吃饭，宴席就摆在作为大厅的船舱里。我记忆最深的画面不是宴席而是他带来的如夫人（姨太太的雅称）。我在船舱内看到那位如夫人颤巍巍地走过跳板登船，娇滴滴地操着吴侬软语说："喂呀！好怕怕！"竟被她的美丽惊呆了。这是我第一次见到母亲和姑姑们以外的美丽女人。只觉她袅袅婷婷，皮肤、眉眼无一处不妥帖，无一处不散发着迷人的风情。这位出身苏州花国的女性就这样给一个九岁的小女孩刻下了深深的记忆。

花艇栖息的处所是流经韶关的武水（也称武江），江面很宽，但水流不急，至少我没感觉到头晕。白天在甲板上放眼四望，只见沿江密密麻麻地停泊着大艇小船，而且船艇之间还形成了水上巷陌，有小舢板往来其中。入夜更为热闹，灯火点点，笑语喧喧，麻将声伴着吆喝，南曲声随着喝彩（南曲是岭南地区的一种音乐，流派接近于粤曲但有别于粤曲。特点是哀婉苍凉，动情处往往让人不忍卒听），把一江武水搅得有声有色。最活跃的是众多小舢板，船篷上挂一盏明亮的马灯，前甲板支着一口翻滚的粥锅，洁净的碗碟摆放着各种诱人的粤式食材，高声叫卖着"艇仔粥……及第粥……鱼生粥……"你招呼一声，小船便可立即"穿街越巷"，划到你跟前，递上鲜美的粥品。我后来对广东粥情有独钟，尤其是艇仔粥和及第粥，盖源自这一番童年的记忆。

我们和父亲睽别经年，母亲自不免向他报告我学习方面的进步。我童年最害怕的事是母亲当众夸奖，尤其是夸奖中有夸大之处。我年纪小，不敢反驳，也不会反驳，只能用沉默表示不满。这一次母亲又在餐桌上说我可以写文言文，诗歌也得到老师的褒奖了。我正想走开，父亲却笑眯眯地说，要和我当众赛诗。他是黄埔军校有名的才子，文才了得，口才也了得。此话一出，满桌宾客都拊掌叫好。我小脸憋得通红，既不想比赛，又不想认输。沉默中父亲以为我同意了。他赋诗的题目忘了是谁出的，但我的题目则是他出的，叫“离乡即事”（大意），即写我们离开新化时的情景和感受。现在看来，题目出得很宽，可写景，可抒情，也可情景并举。但当时我还不懂那么多，只顾拿过纸笔埋头书写。我是先交卷的，不知为什么，我写的不是五、七言诗，而是一首类似短词小令的长短句（其实我当时还未填过词，可能受章回小说开场词的影响）。只觉脑际如有电光石火闪过，提笔而就。大家先看我的：

泪涟涟，拜祖先，大队人马候路边，春雨尚绵绵。
草碧秀，山伟矗，心头不知何所欲；
鲜花流水代悲伤，余亦泪汪汪。

父亲的诗，记不得是没写完还是写完了。不过当时大家的注意力都集中在我身上。因为确实是目睹我当众书写的，而且确实很快交卷，一字未改。一片赞誉声中，父母亲都很高兴。我现在细想：这首长短句，虽然难在那么短的时间内自创了一种格式，而且是平时没尝试过的。但写实而已，立意也很平常。其次，父亲很可能在让我，我却傻傻地真以为自己赢了。幸亏我还不是那种轻狂的性格，没自以为了不起，过后也没当回事，仍然过着一个九岁孩子的正常生活。

在这艘花艇上我还知道了两件事：一是晚上入睡以后，听到父亲在向母亲赌咒发誓；父亲就某些“错事”发誓并不是新鲜事了，奇怪的是这次不是冲着“皇天在上”而是“凭玟儿起誓”。当时不懂，但现在想来，才体会到自己在父母亲心中的分量。他们的的确确看重这个玟儿，也的的确确钟爱这个玟儿！还有一次，我听到他们在说，存的一笔钱，是留给玟儿留学的，绝对不能挪作他用。不久，我又知道了钱的数目是四万元（法币。这在当时算是巨款）。又不久，我又听说这笔钱买了国家一种公债，会有丰厚的利息。听到父母那么高兴地存钱，又那么高兴地畅想着玟儿的留学，我也高兴过，感动过。但刚到抗战胜利，由于通货膨胀，法币疯狂贬值，那份四万元的公债，竟瞬间缩水到不值一文了！这个经过，虽然父母从未向我正式说过，但在家中已不是什么秘密。七十六年后的今天（2015年7月21日），我在北国京华，夜半独对荧屏写这段往事，只觉父母音容宛在，对玟儿的关爱宛在，玟儿深深领受了！但玟儿有负父母的厚望，万死也难回报于万一！

韶关作为战时的省会，人口越来越多，居住的房舍也愈来愈难求了。离开花艇以后，只好搬迁到一座庙里落脚。这座庙的所在地叫水阳村，庙宇不大，只是孤零零的一座大殿，左右并无配殿，四外也再无别的房舍。但庙宇的粉垣彩绘，佛像的彩塑金身，显然都落成不久，十分新净端妙。我们入住之前，佛像都被用一漫到顶的竹席遮挡住了。我和妹妹曾悄悄地掀开竹席的一角偷窥过，只觉拥挤的一堆佛像并不美观，有的面目还很狰狞，便再也不感兴趣了。住下之后，被遮挡的大殿成了大厅，左右各有一排椅子。正中一张圆桌便是餐桌，每次吃饭时连亲戚带工作人员，都是满满一大桌。大厅左右各有三间精舍，左边的第一间由我和妹妹住，第二间由父母住。右边的第一间住着一位舅舅，第二间住着三姑姑。她这一次仍然随着母亲来了。但不久她就赴重庆完婚，离开了我们。由于房舍太少，我记得在庙的左前方搭建过一些席棚。这些席棚都比较讲究，有间隔，有门窗，上盖、席围都很坚固，在战时的韶关不少机关、家庭都住这种席棚。现在那儿住着秘书、副官、译电员和一些求职的老乡。庙前的平地上，也支着一些大桌子，天气好的时候，有人在那儿办公，我也在那儿上过课。

韶关是一片战时省会的景象，既繁荣，又简朴。当时报章上常见的用语是“国难期间，一切从简”，这适用于婚礼、丧仪和任何典礼。既是政府的号召，也是人们的自觉。女士们大都是布旗袍，流行色是鸭蛋青和阴丹士林蓝，但剪裁合体，加上当时流行的整饬的长发（不是现在透着颓唐的乱发，也不是遮住半边脸需时时去拨弄的懒妆）朴实中透着朝气，一样可以凸显女性的美丽。我和妹妹这时也不穿蝴蝶衣了，一来不合时宜，二来我们也长高长大了，不合身了。我们开始穿着一种军装颜色的工装裤 (粤语称工人裤)，妹妹还把头发剪成了男孩的分头。

这一段我们连家塾也上不成了，但我还由一位古文修养好的老乡讲授那半部没学完的《孟子》。有一件我特别高兴的事，是多次随着父亲的车到市内风度路一家书店去看书（路名风度，是为纪念唐朝名相张九龄。他的风度曾受到唐太宗的盛赞。张九龄原籍韶关），并且可以买一些我喜欢的书。我记得在书店小小

工人裤照，1939 年摄于韶关。用军服布制做的工人裤，是战时孩子们服装的首选。母亲头上的白花，是仍在为去世不久的爷爷戴孝。

的阁楼上，有满架的中外名著，巴金的《激流三部曲》便是这时候读的。高尔基、屠格涅夫和托尔斯泰的名字也是这时候记住的。我至今还记得这些书在书架上的位置。我阅读进步文学和旧俄文学书籍就是从这时开始的，它们为我打开了一扇大门，让我看到了一个不一样的世界。

我们是1939年春分到达韶关的，夏秋之交因为爷爷去世，全家曾奔丧回父亲故里一次。大约同年冬天又搬迁到了衡阳，卜居二塘半一处民房。现在想来，可能是父亲要挪换工作了。母亲随即和父亲一道去了桂林、柳州。我们出生后，母亲和我们一天也没离开过，这次的小别令她十分牵挂。我记得她在桂林给我们来信，附了从画报上剪下的伊丽莎白公主（后来的英国女皇）和她妹妹的照片，告诉我，姐姐是长脸，妹妹是圆脸，可她更喜欢长脸。当时这姐妹俩的年龄正好和我们姐妹俩相仿佛 (伊丽莎白长我三岁)，我明白妈妈是在想念我们，并且明显地偏心眼儿，喜欢长脸。因为我是长脸，妹妹是圆脸。这里需要插叙一下，三姑姑远嫁重庆之后，母亲把四姑姑接来了。母亲不在家，本来一切是托付给四姑姑的，但不知为什么，母亲每次来信都是把任务交代给我。

我们住的小地名叫二塘半，位于衡阳县城郊。这片房屋称不上是精舍，但也非农舍。外表看，矮趴趴的一片，土墙瓦盖，很不起眼；但内里却还舒适光洁。它不像北方的农家院分正房和厢房，但我清楚地记得有排成曲尺形的两处房舍。主要的一处是我们居住，另一处住着副官汪介民的一家。汪副官是父亲派往新化接我们出来的，现在大概又陪我们离开韶关。汪副官有一妻一妾，一子一女，外加一位童养媳和一个侄女。女儿汪德华年龄介乎我和妹妹之间，是我们的玩伴。侄女正值花季，是我那时见过的最美的少女。四姑姑老爱和她打打闹闹，开一些我认为是很低级的玩笑。童养媳不漂亮，又缠过小脚（虽然放开了，但仍和天脚不一样）。汪德扬哥哥不喜欢她。显然她的命运会很悲惨的。我们一道过春节，一道赶过集。小市镇上的春节也很富有年味儿。

一天晚上，在昏黄的洋油灯下，四姑姑避开妹妹，用非常体己的态度递给我一封信，让我看。我一看吓一大跳，原来这是一封情书，而写情书的人竟是她的叔伯弟弟。叔伯兄弟姐妹按规矩是不能通婚，当然也是不能谈恋爱的。我虽然年纪小，但也听大人说起过。那个年代连同姓的两人也不能通婚，怕的是五百年前是一家人。可见前人和古人已经有一定的科学的优生优育头脑。现在这个人也是我的叔伯舅舅，在长沙，在新化，我们的接触都比较多。他非常喜爱我。从信中看，是这位舅舅的主意，让她取得我的帮助。并且对我的善良懂事赞誉有加。我能说什么呢？一个十岁的孩子！我不喜欢她先是和有妇之夫胡来，接着又和一个比自己小那么多的弟弟谈恋爱。但是，我对她同情，甚至是怜惜。（尤其今天想来，在那么闭塞的乡下，既无姿色和学历，又无财产和背景，当然招不来正当的提媒和追求。她该怎么办呢？）我憋了半天，大概就说了一句："我不告诉妈妈。"这一句话令她如获至宝，她紧紧抓住我，就像抓住一根救命稻草。我也的确说到做到，终其一生，决没将此事告诉给任何人，当然首先是没有告诉妈妈。不过，她的这段恋爱并没有好结果。她当年夏天返乡（应该是为了那位舅舅而回去的），不用封建家长干预，对方就始乱终弃，和一位比他年龄小的表妹（可以通婚的那种表亲）结了婚。当然，他对外说的是这位表妹"穷追不舍"。这是后话。

我想，我的童年大致就是在二塘半结束的。我身上有了责任，心里有了负担。我不再和妹妹以及小朋友们玩闹了。除了看书，就是发呆。这时，妈妈来了通知，让我们收拾行李赶赴柳州。面对着家里那么多的箱箱笼笼，被包网篮（一种大型的竹编篮子，上边覆以绳子编织的网，可以装载不易归拢并高出网篮的什物），我眼看代替母亲当家的四姑姑茫然不知所措，就主动拿来纸笔和浆糊，在一位副官和一位保姆的帮助下，把东西先是分门别类，然后分别装箱，贴上编号的封条。最后用一个小本记载，几号箱笼盛的是何种衣物，几号被包打的是何人的被褥。到达柳州之后，母亲根据小本的记载逐一理出应用之物，比她自己打理时更为便捷。我得到夸奖大概也是高兴的（记不清了）。可没想到从此以后家务的重担将像大山一样压向自己了。

2015年7月23日

勿忘庐

第六记　龙源塆上　爱莲第　九层塘

（1939年夏秋之际，龙源）

龙源是我父亲的故乡。一般提起它来，都得加上“塆上”二字，因为它位于新化境内一处高山之上。查字典，“塆”是高山上的平地，真是不假。相对于母亲的故乡枫林而言，它地域偏僻，地势高峻，离县城又远，有点化外之乡的感觉。

1939年祖父病故，这时我们还住在韶关的小庙里。母亲决定全家随父亲回乡奔丧。她对父亲的家人是有意见的，主要的一点是公公婆婆嫌她没生男孩。但她自己说，即使这样，她也应该带着孩子奔丧，因为她是一名识大体、顾大局的妻子。这话是我亲自听到的，我已经懂一点大人的事了。

我不记得从韶关到新化是怎么走的了，但从龙源山下到塆上却是坐的绿油布幔的轿子。下得轿来，只见迎面一座颇有气派的青砖瓦房，门楣上写着“爱莲第”三个大字。我这时已读过周敦颐的《爱莲说》，心想祖父把这所宅第命名爱莲第，一定因为自己既是周敦颐的同宗（都姓周），又是周敦颐的同好（热爱莲花）的缘故。入得门来，只见一片白泱泱的大人和小孩，或坐或跪，像得到号令似的齐声嚎啕大哭。我和妹妹吓了一跳，来不及有反应，就被带到一处房间里，换上白布大褂，戴上麻布头罩。后来知道，这就叫披麻戴孝。当我们再次被领到灵堂里时，我真哭了。一半是吓的，一半是知道爷爷是父亲的父亲，应该比父亲还亲，但是这个人却永远地离开了。父母亲也是白衣白帽，跪在前面磕头，我和妹妹跟在后面同跪同磕。给死者磕完之后，便给活着的长辈磕。父母亲磕完了，我们还没完。因为年龄小，辈分低，几乎见人都得磕。我不记得灵堂正中摆的什么了，印象深的是四壁高高低低都挂满了挽幛。可能因为逝者有个做官的儿子，所以送挽幛的特别多（后来出殡之日，单是挽幛就排了好长一路）。它们无一例外都是丝绸和软缎的质地，颜色大都是蓝、黑、棕、灰四色，有的还有漂亮的本色暗花。幅面高约九尺，宽约三尺开外。正中是四个大字，如“音容宛在”“百世流芳”等等，上款是某公或某兄千古，下款是某弟或某晚（辈）敬挽之类。我起初想这么多丝绸多浪费呀，用白宣纸不就很好吗。后来才知道，这挽幛其实就是送的衣料。正好每一幅都是九尺多，够一件男式的长衫或一身裤褂。至于用金银纸缝上的字，拆下来就是了。我试着数了数有多少件“衣料”，但实在数不过来，也就放下了。三天之后，我大概分清楚了一些人，如大伯、五叔、六叔和八叔。他们的名字都起得很好，如五叔叫华美，八叔叫华圃，父亲行三，叫华炳。周游，字游子，是他入黄埔军校前自己改的名字。女的比较接近的则有二姑和四姑。二姑是因为她生了四对双胞胎，都是男孩。这次生了个单的，还是男孩，她年纪轻轻，就有九个男孩了。我喜欢小弟弟，常去抱着她的小九玩儿。二姑喜欢女孩，对我特别好。四姑（这是周家的四姑，不是魏家的那位了）是女儿中最小的，但也二十好几了。有个当大官的三哥（我父亲），又刚挑了个家世长相都不错的未婚夫，一脸的骄傲幸福。但我看得出，那未来的四姑丈并不真喜欢她。有她在时老是托词有事，匆匆离开。

话说爷爷这幢大瓦房外表排场，内里也宽敞。对一个孩子说来，无异是座大迷宫。我和妹妹每天在爱莲第里四处“探险”，总觉着还有什么隐蔽之处没被发现。但有一个现象让我们吃惊，便是到处都堆放着洋芋（土豆）、红薯，据说是用来喂猪的。我们大惑不解，因为偶尔吃一顿，都觉得又甜又面，十分可口，比长沙、枫林的都好吃多了。为什么不吃不卖，要用来喂猪呢。后来听说是产量高，自己吃不完，又卖不出去，只好喂猪。而且，在龙源也不是一家如此。

奶奶王氏年龄也七旬多了，对我们既不严厉，也不亲切。她身体很好，头发一根未白。一双缠足的小脚，走起路来“噔噔”的，非常有劲儿。一位婶婶告诉我：奶奶年轻时在后山刨地，挖出了一个人形的物件儿，她觉得是好东西，便没告诉别人，自己囫囵个儿吃下去了。后来才知道吃的是人形何首乌。因此她到老不白头。她的孩子们也不白头。比如我的父亲，老年之后只掉发，不白发。当时我听说之后，便一直希望也能碰到一株人形何首乌，献给我的母亲。因为她是“少白头”，刚到三十岁，就时不时地让我为她拔白头发。还有龙源的井水也很特别，清甜可口，夏天冰牙，可以冰镇食物。龙源周家的人牙齿都质坚釉白，据说也是因为水好的缘故。

龙源的食物中，除了洋芋、红薯，鲤鱼更是一绝。它不但新鲜肥美，而且红须红尾，红得可爱，煞是排场。让人看到以后，就会相信鲤鱼肯定能跳过龙门，而跳过龙门的肯定就是龙源这种红须红尾、全身微红的鲤鱼！有一天，一位亲戚带我走出爱莲第玩耍，来到一处清澈的水塘前，告诉我：咱们的红鲤鱼就是从这水塘里捞的。我听了大喜：怪不得呢，水这么清！这么漂亮！他又说：可是它原来不在这儿，你看！我随着他所指之处，看到水塘上面竟然还有一个水塘，而且像个小瀑布似的，正往这个水塘灌水。我更惊喜了：啊哦，原来上边还有一个！

亲戚说：你再看！于是我找到了第二个上面的第三个。我笑了：真好玩儿！就像梯田似的。亲戚又说：你再看呀。于是出现了第四个、第五个。我仰视着，那是一座绿得厚实发亮的青山，山上的植被层层叠叠，除了青翠粗壮的竹子以外，其他的美树佳木我全都不认识。第四、第五个水塘已看不到水和小瀑布，只见一圈圈绿色的塘埂像画出的台阶守护着那一泓清水。

我想，我当时肯定非常陶醉，但又找不到适当的赞美词句。亲戚很实在，也没想抒情，只是说：看累了吧。再往上看。我一点点仰头，脖子越来越酸，第六、七层以上，只觉有微云薄雾轻绕，已看不清最高处的水塘了。亲戚自豪地说：看不清了吧？一共九个呢。就叫九层塘。自古以来就有名的，出红鲤鱼！（玟注：仅仅是红尾红须，身子也只是微红，并非全红。）

和全家的人逐渐熟悉以后，便发现有一个既不是亲戚，也不是朋友的女人，在家里晃来晃去的挺惹眼。据说她是家里为文化不高的四姑请的家庭教师。她短发，圆脸，小矮个，没有披麻戴孝，穿一件细花短袖旗袍，想方设法往爸爸跟前凑。当全家为爷爷悲戚守灵时，她却和爸爸说说笑笑的，还老抱着小九来找爸爸。母亲很快就判断是家里为父亲说的“小”了。据说有一天，母亲为此大闹了一场，才制止了这场“阴谋”。至于那小矮个是走了还是没走，怎么走的，我却记不清了。不几天，为了我和妹妹上宗谱的事，妈妈又哭闹了一场。因为按族规，在爷爷出殡的时候，只有男孩才能上家谱或宗谱，女孩是不能上的。妈妈向族里主事的老人请求，和家里主事的老大——大伯争辩。斗争的结果，我和妹妹的名字上了宗谱，妈妈却在众人心目中背了骂名，因为那是个女人自己也瞧不起自己的年代，更何况全族的男人！看着妈妈红肿的眼睛，听到她嘶哑的嗓子，我非常难过，发誓长大了要为妈妈争气。稍大一些以后，我更意识到妈妈这两场哭闹是很了不起的，虽然很孤立，但是够勇敢。一场是为了保卫自己的婚姻，一场是反抗封建、争取男女平等的斗争。

爷爷出殡如仪，一切完满结束以后，我们要离开龙源了。从垴上下来，坐的还是绿油布幔的轿子。我有点后悔没再去九层塘一次，最好能爬到第九层最高处往下看看，倒是什么景象。但孩子嘛，也只能是想想而已，遇到别的新鲜有趣的事儿，这些就搁下了。

下山的一路，看不尽的翠竹和清溪。它们是我此生见过的最粗壮最绿得发亮的竹子，是我此生见过的最清澈无垢并且生凉沁骨的溪水。只要看着它像透明的玉液似的潺潺地流着，你就感到周身清凉无汗了。

今天回忆起来，父亲虽然从未跟我们夸耀过周家的门第和文化，但“爱莲第”的题字至少说明周家是有文化的。那座青砖瓦房则说明家道也还殷实。可惜当时什么也不懂，没问过爸爸这些其实是大事的小事。

改革开放以后的80年代，我向故乡人问讯龙源的情况。得到的答复有点意外，像在我心上戳了一刀:整个龙源都没了，都沉到水底了，因为修水库。

2016年11月14日　午夜

北京新勿忘庐

第七记 水南街 柚子花

（1940年3月—10月，柳州）

我们从衡阳出发，到桂林和父母亲会合，然后前往柳州。租住的房子在水南街。这是一套青砖灰瓦的整齐房舍，有大门，有院墙。说是街，但不见街道。有门牌，但忘了。院门外一棵大榕树下见天有耕牛(南方的水牛)往来栖息，倒是一派田舍风光。我们的紧邻原来是祠堂，虽无院落，但高堂华屋，很有点气派。不过现在驻扎着军队，大概把祠堂糟蹋得没有模样了。我们常见一位排长靠在门首的躺椅上，不知是执勤还是休息。

我们的院子天井不大，左手是正屋，一间大厅带三个并排的房间。右手是一个大厨房。房子的特别之处是大厅不但有后窗，还有一扇后门，通向后园。后园有几株根深叶茂的柚子树，春夏之交花香扑鼻，越到中午，花香越是浓烈。那时正好读《红楼梦》看到贾宝玉给大丫鬟蕊珠改名“袭人”，源自唐诗“花气袭人知昼暖”之句，果然不虚。

这次重见母亲，有一个惊喜:她怀孕了！那个年代妇女不育，尤其是不生男孩儿，重了，是犯“七出”之条，可以被男方休掉 (比离婚还惨)。轻了，也是男方纳妾的理由，丈夫可以名正言顺地娶小老婆。母亲生了我和妹妹之后，八年不孕，据说父亲的家里正蠢蠢欲动，张罗为父亲说“小”。为此母亲精神上受到很大威胁，常和父亲吵闹。现在她有喜了，自然全家都高兴。尤其我作为长女，体谅亲心，而且从小就是她发泄倾诉的第一对象，常常陪她流泪，现在自然更是高兴。

但没想到的是，我的苦难开始了，童年至此也真正结束了。记得从这时开始，我把头发抿了上去，戴上了一个小卡子。每天再没时间和妹妹一起门里门外地游玩，而是端坐在母亲膝下，她坐椅子，我坐小

与母亲妹妹三人照，1940 年摄于柳州。湘玫十一岁。湘玫与妹妹的衣裙是母亲参考一件她喜欢的小衣裙设计，请裁缝制做的。

板凳，跟她学针线活儿。这种时候，气氛应该是很温馨的——幸福的怀孕的母亲，温顺的贴心的女儿，在初夏的阴凉里，母亲在教女儿做一件婴儿的衣服。然而事实上却是：我初学的针脚稍欠整齐，必定招来母亲一顿辱骂，喝令拆掉重来。上衣最难掌握的是咯吱窝拐弯的那一块儿，针脚松了不行，紧了会起褶。记得第一次拆了重来时，母亲还不满意，重重地打了我。是的，打了我。还用难听的话骂了我。读者们原谅我写下真相。是的，我的母亲不但给我生命，还给了我天赋，以及难得的智力开发与家庭教育。假如我说，我的中国古文、诗词功底多半来自家庭教育而非大学中文系，我自己是相信的。她给我的爱没有任何一种爱可以代替。我对她的爱和感激也同样无法给予第二个人。但重男轻女作为一种“重病”，恰逢我母亲多年不育又一朝怀孕的时机，再加上母亲那种特殊的性格和歇斯底里，这时交织迸发成一种极强的伤害，倾泻在我身上，想想也只能这么解释。但这样的打骂，不是一两次，而是很多次，直到我大学三年级，即使打骂终止了，折磨仍永无终止。这是我小小年纪便想离家，住校后便不想回家的原因。也可能是我在革命的道路上义无反顾的重要原因。我的家庭对我的恩惠和关爱是怎么估算也不为过的，同时它对我身心的伤害同样是怎么估计也不为过的。如果我不够坚强，如果我没有在书本中找寻到另一个完全不同的世界，如果我后来没有找寻到革命……（当然，找寻到革命了，又是另一番新的伤害）我没有疯掉，没有垮掉，应该说是个奇迹。七十六年后的今天写到这里，我还忍不住内心的战栗。

现在该正面地写写我在母亲严厉训练下所学到的东西。在那大半年中，我掌握了针线活的基本功，参与了给婴儿准备的全部单、夹、棉衣以及小棉被的缝制。也学会了毛线活的基本针法。这些基本功，以后在某些岁月中绽放出花朵。我在完全自愿的情况下，带着深厚的爱，给大弟弟织过小毛衣和毛背心。我在香港，给远在朝鲜前线的汪洋织过一件非常漂亮的毛衣：银灰色纯开士米毛线，配以大方别致的设计。见过的人都说比买的更好，我自己则觉得起码是独一无二的。后来在二儿上海校时，我为他织了一件天蓝、纯白二色的毛衣：蓝白二色的宽宽的竖道，领口、袖口分别以蓝白二色毛线为边；臂上还用金黄色的毛线

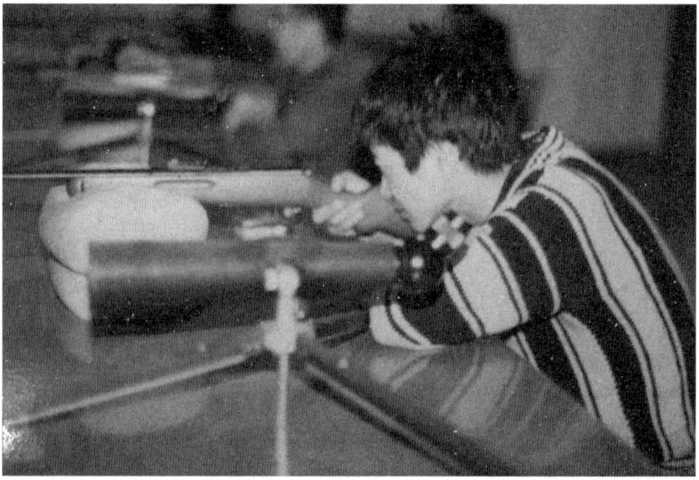

湘玟的“毛衣精品”。十岁时开始学织毛衣。只是一些基本针法。长大后还真织出了一些“精品”。为二儿织的这件海军风格的毛衣是其中之一。蓝白相间的宽宽的竖条纹，袖口打破了当时的对称法，变成一白一蓝。

为他绣了一只金色的锚，和海军的海魂衫非常相配。这件毛衣虽然他早就不穿了，但我并没拆掉而是保存至今。还值得一提的是“文革”期间的病中，我为小女儿织了一件异常美丽的毛衣，领口、双袖、后背和胸以下是嫣粉色的毛线，前胸则是纯白色的毛线，这两种色彩的搭配已经够赏心悦目的了，再加上我在前胸的红白二色交界之处，绣了一组玫瑰花，白毛线处的花用红线绣，红毛线处则用白线绣（当时我用毛线绣花没有经验，是请保姆小张阿姨绣的），没想到效果竟如此出色！她一直穿到大学，出国时才把它留下。她穿了六年，我保存了三十四年，至今光洁如新。

母亲这次怀孕竟怀了十二个月，奉承的人们都说这是贵子，将来必成大器。最后母亲告诉我真情：最初她和父亲先去桂林，商议好了假怀孕，瞒过大家，到期找一个男婴顶替。父亲也同意了。没想假装两个月后，真怀孕了！假怀孕两个月加真怀孕十个月，便成了十二个月的“龙胎”。此是后话不提。

水南街这段日子，为母亲做事之余，便是在后窗下临帖。大楷《九成宫》、小楷《灵飞经》是那时主要的功课。母亲为我们请过一位家庭教师，但不知为什么，她有点无心教学，我便也有点无心向学。不久她就不来了。记忆最深的有一次文化盛事，到第四战区长官司令部的礼堂去看了孩子剧团（田汉等进步人士组织）的演出。剧目无非是一些抗战内容的歌舞，但那些年龄和我相仿佛的孩子演员却给我留下了难忘的印象。后来我上初中时，老师和同学们选我演剧或参加合唱团，我都毫不犹豫地答允，我想和孩子剧团的影响是分不开的。我自己的“文化活动”则是照着歌本学歌。以前都是跟着大人学，或者跟着老师的风琴唱，但这时是照着歌本上的简谱学了。我说不好是何时学会的简谱，也许是楚湘街时代吧。歌本的主编和歌曲的主要作者是刘半农，我第一次知道这个名字，记住了，但多年以后才知道他是中国乐坛大师级的人物。歌本的内容回想来有两个特色:一是抗战的内容，二是内容的通俗化和大众化。我印象极深的是歌本里还选用了有关“九·一八”事变的快板，大妹妹至今还能背诵其中许多段落。歌本里的歌我们都全部依照简谱学会了。七十六年后的今天，我的胸中脑际还时常突如其来地回旋着那些歌，连带完整的歌词。比如今天早上没来由地就有一首歌充塞在胸中（歌名已忘）:

喇叭呜呜吹/铜鼓咚咚响/刺刀挂腰间/快枪背肩上/（渐快）离了爹娘/别了故乡/踊跃从军/慷慨前往/（减慢，自豪地）国旗飘/军旗扬/引我军人赴战场/露宿与风餐/跋涉过关山/（渐强）立志御强梁/枪炮何足惮/誓不战胜终不还/粉身碎骨我也心甘/ （玟注:个别字可能有误）

这时我翻阅最多的有两部书，一部是《红楼梦》，一部是沈从文的《边城》。其他有记忆的是小说《浓烟》，写知识分子在南洋的经历，作者乔木。我猜想过可能是乔冠华的早期作品，但始终未得到证实。我喜欢的书还有鲁迅翻译的儿童文学《表》，至今还记得小主人公的名字“彼得加·华莱德”。

读《红楼梦》最初是读故事。后来是反复读一些喜欢的章节。长大一些以后，才意识到对自己的写作有一种特别的影响。（但我庆幸不是张爱玲式的接受影响。她某些作品的篇章和文字、句式都比较明显地晃动着《红楼梦》的影子。）此外，对一个小女孩的情怀也影响至深。至今回忆水南街那段岁月，首先映现的肯定是后窗下那长长的白昼，那临窗独坐的自己，那柚子花袭人的浓香，那十一岁小女孩的无端的哀愁。

《边城》的文字和湘西的山水一样空灵，令我沉醉不已。翠翠的那份情思我还没有，但我已能感知。故乡的枫叶和小溪仿佛便藏身书页中。那时我还不知道沈从文为何人，但一本薄薄的《边城》单行本，已被我压在枕下，无数遍精读了。

水南街的岁月我还应该郑重地记下一件事，我在那儿见到了抗日名将戴安澜将军。我父亲时任第四战区交通处长，和他是黄埔同学加战友。戴将军出征之前，途经柳州，特意来我家看望。他身材魁梧，军容整饬，戎装马靴，威仪出众。和父亲杯酒长谈时，离家去国、远征域外的豪情溢于言表，并且郑重地出示了他给妻子的家书。父亲读后衷心赞叹，让我拜读。信用毛笔书写在优质毛边纸、印有红色竖条的信笺上，称呼为“荷妹如晤”。书法遒劲挺秀，夫妻深情、爱国豪情均“力透纸面”。我当时没说出话来，因为我同仇敌忾，但不会表达。我崇敬，但不会赞美。长大后回忆起来，深感可与林觉民烈士的致妻信媲美。近年报章上开始有文章介绍戴安澜将军。起初不知道是否和我见过的是同一人，但读到家书一节，且有“荷妹”的称呼，便深信是同一人了。戴伯伯，七十五年后，当年那个十一岁的小女孩在渤海之滨怀念您，天南的今夜应是晴夜，您的忠魂当列星宿，我便将最深挚的敬意遥寄给浩瀚的星空了。

（玟注：戴安澜将军致妻信原件，我父亲和我拜读的时间在1940年夏，地点是柳州水南街周宅。历史考证者从戴将军的活动年谱查证，可知我记忆不谬。我们读的是一封尚未寄出的信。当然，报章公布的是另一封也是可能的。）

2015年8月10日

北戴河海滨18号楼101房

第八记 那山 那水 那席棚

（1940年6月—10月，车河）

1940年夏，父亲被任命为河岳路交通警备司令，很快就要赴任。驻地在河池县境内一处叫车河的小山岗上。母亲下决心随往。到达车河后，我们的家就和父亲的办公室在同一顶席棚内。席棚用南方特有的篾席双层做墙，茅草做顶，有门有窗。窗是墙上留大小自定的方孔，关窗时覆以篾席，开窗时把篾席卷起。席棚有里外间之分，靠里的一间是我们的卧室，靠门的区域是父亲办公的处所。

我和妹妹常在山岗上看下面公路上的来往车辆。有时还要和妈妈一起躲警报。我不明白已经身处荒山之中了，为什么还要躲警报。后来知道，河岳路的重要性增加了，来往车辆、物资多了，敌机便常来“光顾”了。躲警报对孩子来说，不全是坏事。比如我们可以在山谷里发现许多清幽的景色、不知名的花草，发现素有穷山恶水之名的广西山水其实有它独特的美。

比如来时的路上，全是黑黝黝的山峰，遮天蔽日，阴气逼人，心想怪不得“盛产”盗匪。但细看之后，才发现阴气之外，尚有佳气。每座山峰都有自己的特点，而且山巅均有云雾缭绕，深得秦少游词“山抹微云”之胜。在车中凝望久了，我就希望山巅能站着那么一个人在等我，帮助我脱离窒息痛苦的生活，帮助我找到光明。

有一次跑警报来到一处山谷中，山高而幽，谷深而美，有一条清清小溪流经谷中。我恍然明白了什么叫别有洞天。和我们同时躲进这山谷的还有些男男女女，看来像是途经此地的旅客。无意中发现溪边蹲着一位女性，黑衣黑裤，黑发垂肩，是那种天然的、不事修饰的直发。我看到她大半张脸，连皮肤也是淡淡的黑色。她的眼睛大而黑，鼻梁高而直。最吸引我的是她定定的、忧郁的眼神。这和我的心境倏然契合。我也就在一定距离外这么呆呆地注视着她。奇怪的是她一动也没动，直到解除警报，我们先她离去。她是我一生中见到的第二位美女。现在想来，她的坚忍肃穆的神色，难以描述的忧郁的眼神，可说是抗战中中国女性的一种代表形象。

由于河岳路的战略地位日益重要，父亲的工作也日益繁忙。这期间他接待了途经河岳路的关麟征将军。关麟征当时算是名将，有一位中央日报的名记者全程陪同。谈话间父亲又说我能诗能文，关麟征和那位记者都大感兴趣，父亲遂命我当场赋诗。我逃也无处逃，只好勉强执笔。父亲可能感觉出来我的勉强，不一会儿到桌边给我一张纸条，那是他代我写的一首五言绝句，让我抄好献上。我只好遵命行事。（其实我已写成两句，离完卷不远了。）这首诗回想起来有点老气横秋，缺乏孩子的童真，但当时却是得到客人们的激赏，几天后居然在那位记者的文章中发表了。这是我一生中唯一的一次作弊，虽说是不由自已的，但每一忆及，均觉可耻。抗战胜利后，听说关麟征在昆明镇压学生运动，气愤之余，也庆幸自己没写完那首赠他的诗。

1940年秋，父亲工作又有变动，我们全家顺河岳路返柳州，经桂林，至韶关。经桂林时，母亲去医院查过一次胎位。当时是一位父亲同事的妻子邀她去的，因为她也怀着孕，临产期和母亲相近。后来母亲笑着告诉我们，临到母亲检查时，那位夫人按理应该礼貌地回避一下，可是她不但不回避，反而死死地盯住观看。母亲说：“她在怀疑我是假怀孕。”当时听了我们只是笑笑，庆幸母亲后来是真怀孕。但现在想来，那时的母亲真是太苦了！一切和母亲有同样遭遇的母亲们太苦了！

在桂林的火车上，我记得读了两大本童话，有安徒生童话，也许还有格林童话。书是怎么来的，记不清了。我记住了那默默暗恋着“舞女”的小锡兵，记住了让自己化成泡沫的海的女儿，记住了现在全世界都通用的爱情故事的结束语：“从此，公主和王子过上了幸福的生活。”虽然自那以后，我再也没机会重读一遍那些童话，但我越来越意识到童话对孩子们的陶冶是多么重要。例如读过美好童话的孩子绝不会射死天鹅，回家吃天鹅肉。

回程中途经广西那些连亘不断的大山时，我重又寻找那个站在万山之巅的人。以后成了一种条件反射，即使后来找到了党，找到了汪洋，但只要经过大山，仍然禁不住凝望山巅，盼望发现一点什么。

2015年8月16日

北戴河海滨

第九记　靖村　荒冢　小木屋

（1940年11月—1941年7月，韶关靖村）

再到韶关，住处不是花艇而是一所小木屋。木屋建在靖村一处土岗上，屋后三步“下临绝壁”，“绝壁”之下是公路。想来这条公路是打通这座土岗修成的。我曾站在屋后俯视公路上过往的队伍，大多是运送伤兵和零散物资的。我忘不了那些担架上伤残的士兵，不知道等待着他们的将是什么。一次我目睹一台担架上一位伤兵，赤身露体，连一件遮羞的破衣裳也没有，只剩下一副皮包骨的惨灰色的躯体和一头灰蓬蓬的长发。我的眼泪禁不住流下来了，正好他一双无神的眼睛也望向我。这双眼睛在这副骨架上显得出奇地大而空洞，他是无意识地瞪视，还是有意识地望向我这个小姑娘呢？也许故乡他有一个和我差不多大小的女儿？我们对视了一两秒钟，他的担架远去了。但我永远忘不了这双眼睛。以后当我长大了一点，明确我将投身的壮丽事业首先是“为了多灾多难的祖国和人民”时，出现在我心中的“人民”形象，便有在靖村小木屋所见到的这位伤兵。

木屋的正面有一条小小的横路，是从土岗的东边通向西边岗下的几所房屋的。小路的南面是地势比较平缓的一片荒地，有四五座荒冢正对木屋的大门。若在平时，母亲是害怕而且忌讳坟地的，但“抗战时期”，只好一切从权了。我平时稍有空闲，便会搬一把椅子坐在门口，一边晒太阳，一边看书。当时能找到的书主要是杂志《西风》，还有林语堂主编的一两份刊物，名字记不准了。张爱玲的《天才梦》便是在那荒冢前读的。当时对早慧的天才女孩张爱玲有着特殊的关注。

现在该说到木屋的本身了。它不方不正，该归入不规整的菱形吧。至今不理解为什么在那个年代，那个穷乡僻壤，何许人能有这样的设计理念，造出这么一座不伦不类的孤零零的房屋。而且选在这么一个前对荒冢、后临绝壁的所在。木屋外墙用的是长条木板。木屋里边我记得准的有三个房间，当门一间小前厅，厅后一间小房，厅的右边是一大间正房。我记不准的是厅的左边有无房间。搬来后，厅后的小房住的是陈副官和他新婚的妻子。那一大间就住着我们全家。

1940年农历十一月二日，母亲在韶关河西医院（一所教会医院）顺利分娩，果然是一个男孩儿！全家当然无比高兴。这个男孩名叫湘農。母亲起这个名字，一是希望孩子务农，远离政治（母亲认为政治最龌龊）；二是孩子降生在曲江（韶关的别名）的早晨，“農”字（“农”繁体“農”）是“曲”字下边一个

“辰”字，正好合起来是个“農”字！我很敬佩母亲的这番用心，自然还有智慧和学识。母亲产后回到木屋坐月子。正房分为两个区域，一半是父母亲的大床，加弟弟的婴儿床。一半是我和妹妹的大床，加几把凳子和一张桌子。

安顿好以后，新学期我该上学了。按1937年秋季我上四年级上学期算，1941年的春季我该上初一的下学期了。但我从1937年底起，就没再上过学，由家教补习数学也是很短时间的。这就是说，我的数学课缺了三学年零一个学期。我重新上学该怎么上呢？父母亲好像不希望我“留班”，可以插班到初一。我也就懵懵懂懂听从了。学校定的是中正中学，位于东河坝。离靖村的家旱路约十五华里，水路（可通船）多少我就记不准了。离得这么远，当然最好是住校，我特别希望如此。但母亲不同意。理由是日机常来轰炸，她不放心。实质上一多半是想把我留下来带大弟弟。因为这时虽有奶母和保姆，但她宁肯让她们闲着，弟弟的一切也要我去做。我求学心切，第一次大声和父母争辩，宁肯每天步行十五里也要上学！上学的权利争到了。自此每天凌晨三时半必须离家，步行十五华里，才能赶上学校五点半的升旗典礼。饶是如此，我也高高兴兴，珍惜着来之不易的读书机会。十五华里的路程中，有一段是火车轨道。铁轨旁可供人行的路基十分狭窄，勉强容一人通过。火车擦身而过时风力极强，几乎能把人刮倒。路基又高又陡，全由棱角锋利的石子儿筑成。不慎滚下去，至少是遍体鳞伤。当然，如果被行进中的火车裹挟，后果更不堪设想。有一次，天下着雨，刮着风，我打着伞在铁轨旁走着，正好一列长长的火车呼啸着擦肩而过，一股强风带着雨伞向上拔起，一瞬间我双脚几乎离地。我赶忙让身体下蹲，匆忙间收不住雨伞，只能把它拼命压低。就这样，几乎是屏着气息熬过火车经过的时间。实际上也许才几分钟，但对我来说却是很长很长的对峙。现在想来，可以说是与伤亡的对峙。还好，这个十一岁的女孩儿赢了。

应该说，这一段的走读对我是很大的锻炼。不单单是走路（有一半是夜路），也磨炼了意志。须知我才十一岁，此前也从未经过走路的锻炼。不久后，大概听一位副官说到走路的艰苦，母亲设法为我雇了一艘小船，从水路划到东河坝。走路的速度我可以掌控，但划船的速度我使不上劲儿。一次说不清楚为什么晚了一小会儿，值日的教官罚我立在旗杆下。满心的羞辱让我说不出话来，我也没想过要说明什么。现在想，有哪一个这种环境的孩子能在半夜三点起床，三点半出发，步行十五华里上学的呢？这是我一生第一次罚站，也是唯一的一次。我从小学二年级到三年级，四个学期都是第一名（一年级从上海智仁勇小学转到香港圣保禄小学，再转到崇兰小学，可能都没赶上大考）。在学校里，在家里和亲友中，都是备受赞扬的。连老师的批评都没受过，哪能想象站在旗杆下挨罚呢。可是加在我身上的灾难远不止此。我四年级在长沙市立第三小学，刚上两个月就因家里挨炸辍学了。这是辍学三年半以后的复学，走读的条件极端困难不说，程度的差距也向我提出了极大的挑战。我数学拉下太多，英语虽在香港小学学过一点，但我插班初一下学期，也还是跟不上。文科情况好一些，但《植物学》等自然科学还是有难度。光是这些困难还好，不过写到这儿我真难以写下去了——最大的困难竟来自我的母亲。我只要放学回家，她不让我有半点休息，也不让我做作业。她立刻、马上将全部弟弟的事情都交给我一个人。晚上我将要就寝，弟弟哭了，马上我得为他换尿布，喂水喂奶粉，或者干脆得抱着他哄他。每次都需二十多分钟，起初抱着摇摇还可以，但后来非得让人抱着走来走去地摇晃。好不容易哄睡了，我小心翼翼地把他放回小床，惯坏了的弟弟会“哇”的一声哭起来。这时母亲不单是厉声责骂，（骂得很难听，对女孩绝对是终身的伤害。恕我不愿说出来。）有时还跳下床来重重地打我。我虽然倔强地不哭，但心中会自问：这还是妈妈吗？重男轻女竟然可以泯灭母性吗？弟弟这样地哭了哄，哄了哭，一晚上起码两三遍，我睡眠之不足就可想而知了。每次弟弟哭第一声，我就得翻身起床，如果第二声我还来不及起床，就得挨骂或者挨打了。有一次，我实在太累了，毕竟我还是个十一岁的孩子啊，待到第三次起床抱弟弟满屋走时，我的累和困可能都到极限了，竟然不知不觉地跪了下去。就这样我还是想着保护弟弟，双手把弟弟高高举起，任由自己受伤。现在回想，双手把弟弟高举的这个小女孩，竟有点圣女的况味了。这样的日子不到两个月，我彻底垮了！不但不能上学，也起不了床了！

医生问病因，我自己不能说，母亲也不好说。我只记得我又不得不辍学了！

这种苦况，我不知道有多少同龄的女孩经受过。我想过离家出走，但我没有钱。从那时起，我着意攒钱。我记得一个数字：20元！我觉得攒够20元就可以离家出走了。多少个黄昏，我独自坐在门口，注视着那荒草萋萋的荒冢，盼望着冢穴中能出来鬼魂听我倾诉！别人——尤其是孩子怕鬼，可我却盼望见到鬼！我不知道鬼的模样，大致上是从《聊斋》等说部上得知的，男的儒冠袍服，面色惨白，形容愁苦；女的环佩叮当，若来还往，可由极美瞬间变到极为恐怖。但可惜我望到暮霭沉沉，月色迷蒙，也等不来另一个世界的鬼魂。母亲责令我进屋闩门，晚上的一轮苦难又来临了。

粤北的冬天和湖南有相近之处，室外比屋里暖和。阳光和煦的白天，我和妹妹会一道坐在屋外看景。但这儿太荒凉了，半天也看不到一个人。不久，终究有了一些发现。那就是隔一两天，会从小路的东头过来几个人，通往西头岗下的房屋去。其中一位女士特别引起我的注意，她个子高高的，很挺拔，在人群中很突出。一头长发微微烫过，发长及背，中分的双鬓各夹一枚当时时兴的发夹。她高傲、矜持，对我和妹妹钦羡的眼神从不假以辞色。隔一两天，又会看到她从西边的房舍出来，向小路的东头走去。我们想，她这是回城里去了。我和妹妹给她起了个外号：长毛鸡。既有艳羡的成分，又有不满的成分。不久的一天，我们忽然看到她夹在一群人当中从东边走来，衣饰华丽，化妆浓艳，旁边走着一位中年男士，西服革履，微胖微秃，眉眼间透着生意人的精明。有人告诉我：她结婚了！我细看新郎，不就是常见他们一道出入的那人吗。不过，他从未引起我们的注意就是了。我那时已读过《红楼梦》中宝玉痛惜姐妹们出嫁的心情。我不完全喜欢长毛鸡，但内心竟有点怅惘。我稍大一点后，喜欢留长发，喜欢那种类似塑料的发夹（粤语叫“胶夹”），并且会想起叫长毛鸡的那位阿姨。她是第三位让我瞩目的女性，但算不上美女。顺带说说的是，我家不久就搬离了那座小木屋（约在1941年夏），当然也没机会再见到长毛鸡。直到1944年冬季，我家逃难去梅县时，在途中一处休息点，见到一位也是在逃难的中年模样的女性，身材和面部肌肉都松弛发胖，发丝凌乱，无型无款，眉间还有一道掐痧的红印，正低头照顾孩子和行李。有人说这是长毛鸡。我吓了一跳：这怎么可能呢？和当年的长毛鸡完全判若两人！但细看确实像她。而且她身边一位完全是中年的男性也正是当年那位新郎。不过形容有些邋遢——不是逃难中的风尘使然，而是混得并不如意的萧索。这时又有人悄声议论，说结婚不久，男的就开始打她。我低下头，不敢再看她。她当然也没认出我来。毕竟四年过去了，我长大了。十五岁的少女不但亭亭玉立，而且也留起了一头及背的长发，中分的双鬓各夹一枚塑胶的发夹。

2015年8月24日

北戴河18楼101房

第十记 十里亭 农园

（1941年7月—1944年12月，韶关十里亭）

十里亭是韶关一处地名。顾名思义，它离原来的县治大概是十华里，离它五华里之遥真有个地名叫五里亭。从五里亭到原来的县治，即1941年的韶关市区，可能就是五华里了。十里亭有点小名气，一是那里有个小火车站，二是后来紧挨着车站的铁道边建了一所中学——志锐中学。学校的董事长是北伐名将，号称铁军的张发奎将军。

此外，十里亭在我的记忆中也非常重要。那里有我此生最美的家园之一——农园。原来当我们居住在小木屋时，父母就着手在毗邻十里亭铁道的一处半山坡上修筑一座“竹织批荡”（粤语）的小房子。所谓“竹织”即主要使用竹织的席棚为墙，“批荡”即在席棚里外刷以石灰为主的涂料，看来就像一般的砖墙一样。门窗均用木制，上盖用瓦，盖好后整座房子就像一所砖瓦小屋了。这种建筑在战时的韶关很常见，包括前几章书中提到的席棚。当时的省政府主席李汉魂将军也住这种房子，用的是简朴的木床竹椅。绝不是现在的影视剧导演臆想的那样，大洋楼、大花园、大沙发、大落地窗、厚重的丝绒窗帘等等，恨不得比现在的土豪新贵还豪奢。

话说半山坡上的宅基地很逼仄，临门一丈就是杂树丛生的“绝壁”。母亲想了一个办法，紧贴房基地建了一座半月形大阳台，凌空伸出长约20米，最宽处约5到6米的面积。台上还“长”了两三棵松树。原来是绝壁上的那些松树母亲舍不得砍去，便在造台时把它们合围起来，留在了台上。建造时主要为了人员的安全，也增加点活动面积。没想建成后却成为农园一处意想不到的美景。半月形的台面被绝壁下的树桩稳稳地支撑着，一色原木地板，栏杆结实。尤其杆距密实，可以防止幼童坠落。大阳台距离武水不到30米，

十里亭农园家庭照，1944年摄于韶关十里亭农园家中。这是唯一一张农园的全家户外照。树后掩映的是那时的战时建筑席棚。是历史的实物照片，十分可贵。

凭栏而立，广阔而清澈的武水就在台下不远处流过。江面来往船只不多，但常有木筏缓缓漂流。母亲和她的弟妹们常在台上的树下笑谈，我常牵着大弟弟的小手在台上学步。我爱黄昏时分凭栏歌唱。这种时候，唱得无拘无束，唱得物我两忘。四周空旷无人，我以为只有江中的流水在听，没想到一条铁道之隔的志锐中学（这时也是我的学校）校园里竟有人听到。因为不久以后，一位唱歌好但有点心高气傲的女同学问我：我常听到远方的歌声，纳闷谁的歌声那么美呢，而且传得那么远，想来是你了。

从大道上进入这座小房子辟了一条“私家车道”，算来也有近百米长，直达小屋门首。私家车道和大道交界处竖起一座高大的竹编大门，圆形的门楣上悬有父亲手书的“农园”二字，髹成好看的绿色。车道的两旁栽了两种花，一是圣诞花（北方称一品红），一是芙蓉花，间隔栽种，错落开放，四季不败。小房子门前的东西通道一直延伸到山坡后面。那儿开出了一片平地，建有跷跷板和滑梯。母亲叫它儿童乐园。乐园里养过一只小老虎。事情是这样的：粤北山上有虎，有人抓到一只幼虎，辗转送给了母亲。母亲在儿童乐园造了一个笼子，养着这只小虎。但小虎一天天长大，母亲担心大了不好养了，便把它交给副官解唯高，让他带到深山老林去放生。解副官回来报告说:刚打开笼子，小虎不肯走，有点依依不舍。后来催它走，小虎竟一连回头三次，才慢慢没入老林中。母亲每次和我们说到这儿，总是又感动，又自豪。一是说小虎通灵，在感谢她。二是碰到逢凶化吉、遇难呈祥之事，她便说是收养了小虎，又送虎归山，好人有好报。我那时对这段佳话持将信将疑的态度。不过我知道养虎、放虎是确有其事，我每两周回家一次，也见过这小虎。但三回首（后来发展到三点头）云云，我就只当故事听了。七十三年后写这段轶事，为了纪念母亲确曾做过的善心之举，我郑重地完整地照录如上。

现在该说说主屋了。主屋的亮点是一处环抱着客厅和母亲卧室的回廊，回廊栏杆下有固定的靠背长条木椅，父母常在那儿接待客人。名人有女作家胡兰畦（新化同乡），再一位名人是何香凝。1941—1943年间，父亲曾为营救廖承志奔走，听大妹妹说，何香凝来韶关时，曾住在我家。我因为住校，没见到过。（营救经过见大妹妹湘琦的书面材料，附后。）我记得的是有一天，父亲从接待何香凝的宴会回家，带回了何香凝送给母亲的一幅画。听父亲说，画是当场作的，画了一树梅花和一丛牡丹。上款是“静依夫人清赏”，落款是“双清楼主”。最珍贵的是，何香凝还把父亲当场作的一首诗题在画上了。诗云：

一树梅花一牡丹，既能富贵又高寒；
千秋志士师承在，莫当寻常图画看。

这幅画母亲珍贵地保存了多年。年迈后送给了小弟弟湘武。（我留存了一帧照片，刊于拙著《众里寻她》插页。）

再说主屋的回廊最宽处，母亲打造了一处“婴儿乐园”，形制像一张加大一倍的双人床，只高出地板寸许。四周均有结实的栏杆。把大弟弟放进去之后，他可自己学爬，或扶着栏杆学站立，大人可以省不少心。乐园里还放置有软枕靠垫和一些可作为小玩具的物事。我在家时也会进入乐园和大弟弟一道玩耍，更多是抱着他一边打拍子，一边唱《保卫黄河》。他会随着歌曲的节奏而兴奋不已，很快他只要听到我唱这首歌，就会自己打拍子了。

农园的主屋外墙刷成浅黄色，门窗和栏杆漆成棕红色，看来赏心悦目。进门南向的三间，居中是客厅，左边一大间是父母的卧房，右边略小的一间是父亲的书房。客厅后面一间是妹妹和我的卧室，与母亲的卧室有门相通。和我的卧室相连的还有一小间，只放有一床一桌。记不清最初的用场了。但后来（约1943年）母亲优待我，辟成了我独用的卧房，并把原来的窗户改成了门，特建一个与之相连的小阳台。这是我一生中第一次享有单独的卧房。当时不以为意，现在知道，这也意味着我在母亲心目中的位置。小卧室给我最深的记忆是在那儿写了不少东西，有独幕剧《松了的琴弦》、短篇小说《母亲》、散文《残冬》，长诗《假如活着》等。最让我难忘的是1942年我在那儿接受过一次手术：因为疟疾，打针时消毒不严，受针处化脓感染，需要开刀。十三岁的我在没有麻药的情况下接受手术。一位军医用刀剜掉我身体上的一大块脓肿，然后再塞进去很长的一段纱布条让伤口慢慢愈合。整个手术过程我趴在一块床板上，一首接一首地唱歌。我不知道那位中年的军医当时是怎么想的，消毒不严因而引起化脓感染是他惹的祸，现在这个小女孩不但不惧怕，不哭喊，反而唱着歌安慰他："别害怕，我禁得起！"此外，在小阳台上可以近距离地面对一个小水池（但大多时候没有水），还有一架秋千。我常推着大弟弟在秋千上缓缓摇晃，自己也常常把秋千荡得高一些，再高一些，在凌空御风的快感中放飞梦想，迎接悄然将至的青春。母亲为我在那儿凭栏拍了一张照片，虽然裙服里穿了一件厚毛衣，显得臃肿不堪，但这张照片人见人夸。母亲把它放大上色，挂在了她卧室的墙上，供亲友们赞赏。

农园阳台照。妈妈给了我一间单独的小房子，而且把一扇窗户改成了门，外接一个小阳台。这就是那个小阳台。感谢妈妈又让我拍了这张照片。七十二年后，还可见到当年内接阳台的门、窗，和放置在阳台上的杂物。这是农园主楼留下来的唯一的照片。摄于1943—1944年冬天。我里面穿了一件厚毛衣，显得非常臃肿。就这样，母亲还非常喜爱，放大、上色，悬挂在她的卧室中，让自己，也让来访的客人们欣赏。

这个家庭中有了弟弟，父亲又有了较稳定的工作——广东省保安副司令，加上又有了抗战以来最好的住所，应该是全家最幸福的时光了。记得这个时候我曾为三个居室命名：父亲书房是"养心斋"，母亲卧室是"静心居"（母亲名静侬），自己的房间名“玉文斋”。“玉”“文”合起来是“玟”。“静心”是针对母亲性格的规劝，与外公为她起名“静侬”的寓意相同。“养心”则含有讽劝之意，寓意较为多元，主要的自然和他对母亲的忠诚有关，此外也和他为官有关。这三个命名父母都无异议，由我用彩笔书写，贴在门楣。

现在该回到1941年，说说我上学的事了。在小木屋后期休学一段，我的健康逐渐恢复。搬到农园新居正好是1941年夏秋之交。父母打听到五里亭有个新办的中学叫中德中学，外文学的是德文。当时急不择校，赶紧报名插班初二上学期（玟按：该处离家只有五里地了）。由于同学们都是初学德文，和我在同一起跑线上，因此我的成绩自然是优秀。初二的数学是几何，我代数基础差，但喜欢几何，因此数学成绩也上去了，和班里成绩最好的一位男同学不相上下。这位男同学大概有点喜欢我，常在黑板上写些对我的“赞语”，例如为我起名“秀英”，我想他是从字面上看，认为两个字都很美，殊不知合起来竟俗不可耐。还赠我一副对联：“苹果赭色脸，榕树大只身。”在他是诚心的赞美，但哪有美女是“赭色”的圆脸，又像“榕树”那么粗壮的身材的呢。我是第一次受到男同学这种表示，只觉厌恶。

1942年春天，志锐中学建成并开始招生。它的校舍就建在和我家一路（铁路）之隔的那片缓坡地上。由于是张发奎董事长自己斥资，又得到各方人士的捐助，校舍都是灰砖灰瓦，十分齐整，在抗战期间的韶关，可说绝无仅有。而且每一间教室都是单独的一小座房屋，门窗敞亮，大门上方还冠以捐助人的大名，题曰“某某堂”，十分考究。加上离家实在太近了，母亲看中了这一点，一力主张我转学。我初时并不愿意，但听说学校规定甚严，学生必须住校，我太想离家住校了，便同意转学。学校以招收军人子弟、烈士子女和难童为主，后来也招收一些港、澳难胞的子女。我作为第一类的子女，入学没有问题。但入学后的困难，却只有靠自己克服了。我除了国文（语文）、历史、地理、公民等科目可以跟上外，最重要的数理化和英语课都跟不上。幸亏文科成绩优良，平均分数可列中等。学期末班主任的评语是“敏而好学”。但我刚入学便遭到班里甚至全校同学的歧视;也难怪:我营养良好，衣着鲜明，可大多数同学都是难童或烈士遗孤，多少都有些营养不良。再加上广东孩子偏瘦小，尤其女孩崇尚娇小玲珑，越发显出我的高大了。我从来没经过集体生活，内务出操都不如大家快捷，因此入学不久，便有个花名（粤语外号之意）叫“番薯糖”。番薯即北方的白薯，是笑话我笨拙，糖则不知何意。更有意思的是我不久又有了第二个花名。由于我的母亲多少有点洋派，说岁数都论周岁。但当时老百姓的习惯都说虚岁。当同学们问我多大时，我老实又认真地回答：十二岁半。这种计算法，加上我的身高发育已超过一般十二岁的孩子，因此一是招来大家的不相信，二是招来了第二个花名：十二岁半。常常我走在去教室的路上，会听到全班最矮小的同学刘乃济大叫：十二岁半！我走不多远，又会有一声响亮的：番薯糖！直到一次书法比赛之后，这两个花名才逐渐消失。那次书法比赛全中学部参加，为了公平起见，每位同学限把姓名写在纸角，并且粘上。结果全体评委老师选出的第一名，打开纸角一看，竟是周湘玟！感谢这种公正的做法，否则有的老师从印象出发，也可能不待见我这个“十二岁半”。书法比赛过去不久，国文老师给大家讲了大力将军吴六奇的故事，并且出题让我们写出来。我按照中国传统章回小说的写法写了，受到老师的赞赏。这时，我经常为壁报写文章，并且显示出追求光明与进步的倾向。初三的时候，班里一位男同学介绍我读一些进步的书籍，如《大众哲学》《唯物辩证法入门》《新哲学大纲》等。我开始到图书馆借阅这些书籍。很快，受到了训育主任的传唤，问我为什么借这些书，谁介绍的。我虽然傻，但隐约感觉这些书可能犯忌。因此回答说：我以为辩证法是教数学的，我数学不好，自己借来看的。就这样傻傻地保护了那位同学。

初三的时候，我数学仍然不好，偏偏数学老师陈伯民先生又很好，非常开明，既不勉强我，更不歧视我。（后来我到美国和广州二地，都专门去看望过他。）我心存感激，但仍显露了性格中叛逆的一面，干脆上数学课时跑到宿舍去唱歌。和我一道逃课的有三位女同学，负华妩媚苗条，婉慧娇小精灵，惜因圆润可爱。我们第一个共同点当然是都不喜欢数学课；第二个共同点是都爱笑，是少女们那种不需要理由的并

“四大天王”合影。也是唯一的一张照片，由惜因保存。从左至右：莫负华、周湘玟、潘惜因、曾婉慧。

且能传染给别人的大笑；第三个共同点就是都爱唱歌了。久而久之，我们竟又有了一个花名，被同学们封为“四大天王”。

也是这一年，我碰到了女孩子们都难以避免的事——男同学写小条子。但有一件事着实吓了我一跳。记得是冬天，家里的晚宴宾朋满座，大都是亲戚和父亲的僚属们。我吃得快，便提前退席走到回廊上透透气。粤北的冬天室外并不冷，我穿一件薄薄的碎花棉旗袍还觉得浑身发热。栏杆上的花盆里有一种香花（记不得是什么花了）散发着冬夜的幽香。突然迎面一个男低音轻轻呼唤我：大小姐。我吓了一跳，一看是刚才一道吃饭的青年军官Z参谋。我来不及回答，他右手递给我一枝花，并且非常绅士地鞠了一躬。又没容我作出反应，左手递给我一个厚厚的信封，然后以标准的军人姿态退下了。我愣了一会儿，跑回自己的房间展信阅读。原来这是一封辞藻华美的求爱信。他信中一开始便猜想我会脸红心跳，我确实脸红心跳了，而且第一次遇到这么大胆直接的求爱，还有点慌乱，有点不知所措。但总的反应是排斥的，感觉受到了冒犯。后来虽然采取了不予理会的做法，但看在他信中透露的抗敌报国的热忱，便一声不响地谁也没告诉，首先不想伤他自尊，更不想让他受到父亲的斥责。从这时开始，我的天性让我对所有这一类的追求者都是好言相拒，绝不让人难堪。

志锐中学的三年对我很重要，虽然并不愉快。我在那儿受到严格的准军事训练，开始阅读一些马克思主义的书籍，参加一些演剧和合唱活动，受到抗战文艺的熏陶。高中男女生分班后主编壁报《绿波》，并且尝试写一些独幕剧、短篇小说和诗歌。不愉快则是始终受到一些同学甚至是个别老师的歧视。主要原因自然首先在我自己，特殊的家庭环境再加上母亲的不明智的做法，不理会我的抵死反对，经常派人给我送牛奶和肉菜。众目睽睽之下，一个勤务兵擎着一大搪瓷缸子的食物，站在教室门外找我。虽然这些食物我自己一点也没吃，都分给体弱有病的同学吃了，但我受到的歧视只能更多。这边同学们说了：董事长（指张发奎）的官不比你父亲大吗，他的女儿也没你特殊！那边回到家里母亲说：我好不容易攒点儿钱，给你加强营养，你可千万要吃了！你正长身体，营养不能缺。女孩子的身体最重要，你将来得生儿育女！见我倔强地不答应，母亲哭着说：孩子，妈妈求你了！我虽然流了泪，但紧紧咬着下唇，没有答应妈妈。因为我做不到，也不打算做到。

志锐三年，我还尝受到比歧视更伤人的对待。大了后，有人告诉我那是嫉妒。我也说不清是或否。反正从那时起我就不断地受到这种伤害。幸而我天性记好不记坏，受点伤过后就忘，对人善待如初。高一时一位新来的女同学K，我作为班长（当时以军训为单位，叫区队长），对她特别关照，她有病时，我把家里送来的牛奶和肉食都送她吃。1943年鬼子飞机轰炸学校，大家都已跑到后山躲避。我猛然想起她有病还留在女生宿舍，便冒着危险跑回宿舍去，半扶半抱地把她搀到后山。这一次，女生宿舍真的挨炸了，张发奎董事长的养女张琼芳因病躺在宿舍，腿被炸伤。按说K被我及时救出，应该算是很幸运的。但那也丝毫没有改善我们的关系，她对我仍然是冷冷的，隐隐的……。一次午饭后，几位女同学在教室说笑，玩游戏，说的是莎乐美（当时并不知道《莎乐美》的出处和完整的故事）的情人——一位勇士被抓，受到的惩罚是把他带到斗兽场中，让他在两扇紧锁的门中选择一扇打开。一扇门后是一头凶猛的狮子，另一扇门里则是一位全城最美的美女。如果打开狮子的门自然是被搏杀。如果打开的是美女的门，则可带着美女成亲，从此过着幸福的生活。临场，勇士用祈求的眼神朝看台上的莎乐美望去，希望她给一个暗示。至此，这个游戏问大家，假如你是莎乐美，你会暗示他开哪一扇门呢？女同学们都愣住了，没人能马上作出答复。这时，一向避免和我搭话的K清晰而截断地说：当然告诉他开狮子的门！本来这个回答是二选一，也属正常，但不知为什么，我当时竟感到浑身发冷。分开多年以后，她竟把自己婚恋的不成功归咎于毫不相干而且多年并无往来的我。受此飞来的委屈 (用现今的话说，是躺着中枪)，我首先想到的不是为自己辩白，而是为他们惋惜。我太傻了！但也明白了嫉恨这种品质是多么地伤人害己！

母亲于1944年农历七月初六生下我的小弟弟，因为生于武水之滨，取名湘武。这时日寇正图谋大举打通粤汉线，志锐迁往始兴（张发奎董事长老家）。我只好转学到教会学校华英中学。

转学本不是什么高兴的事。但我进入这个学校后，竟感到说不出的舒服愉快。主要是同学和老师都没有那种歧视的眼光了，每个人对我都坦然而友好。我想：学校就应该是这样的，同学也应该就是这样的。我插班高二，由于数学是几何，我可以避短扬长，因此成绩很好，学期总平均分是全班最高。离开小学后我再没得过第一名，因此我非常珍视这个成绩。在华英我演过话剧，并且喜欢上了圣歌。以后才逐渐知道这些圣歌的曲作者大半是伟大的音乐家，如贝多芬、莫扎特、舒曼等。作文《献花》以被选去给张治中献花为题材，鞭挞了国民党三青团在各校遴选献花者的丑恶心态：张治中喜欢高个子的靓女，因此被选者除了美丽之外，还得是高身量。文章受到国文老师黎敏子的赞扬。我的长诗《假如活着》经他推荐，发表在1944

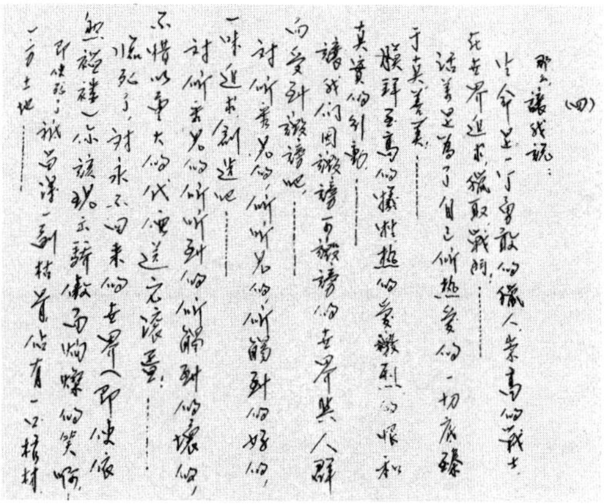

《假如活着》手稿

年秋冬之际的韶关某报上。可惜没记住报纸的名字，也不懂得问老师要一张报纸作纪念。

1944年冬，粤桂战事吃紧，韶关也准备撤退了。我家又得开始逃难。逃难之前母亲送我一把吉他。卖吉他的是一位小青年，在我家回廊上紧紧抱住他的吉他。当时在场的还有一位引荐他来的中年妇女，正和母亲说：不是逃难缺钱，这孩子不会卖琴的。母亲遂不忍讲价，按他们的开价给了钱。就这样，那个男孩还抱着琴不撒手。他们走后母亲只和我说了一句：你喜欢琴，正好他们也需要钱。我知道母亲自从钢琴被炸以后，一直想为我添置乐器。我也很喜欢吉他。但不知怎地，每一抚弄那把吉他，心中便会浮现那位男孩紧抱着吉他的身影。后来我们自己也开始逃难了，忙乱中这把吉他不知所终。至今想起这把琴之于我，真有明珠暗投、不得其人的遗憾。

这段岁月中，我长大一些了，有了自己独用的房间，并且有了自己小小的秘密。那是一本精制的纪念册。封面用母亲的一块美丽的绸布制作，衬了硬布壳（北方叫袼褙），封二、封三用花布做了能插照片的插兜；册页是各种颜色的彩色纸（在当时算是最漂亮的

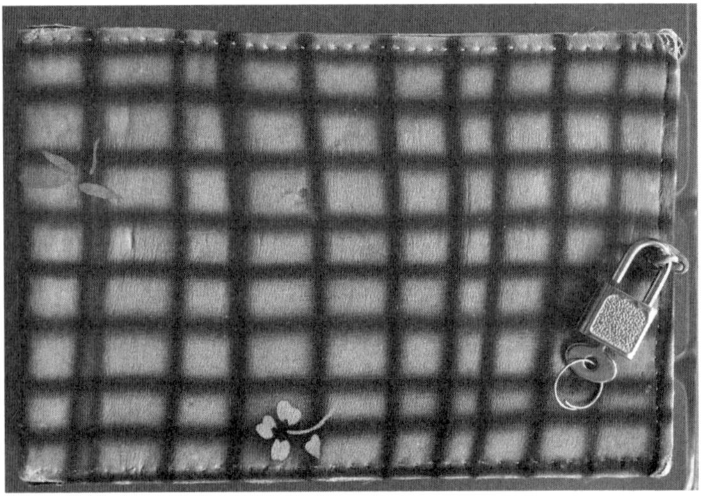

纪念册，1943 年。湘玟创意，请人制作的带小锁的纪念册。《假如活着》的长诗写在纪念册卷首。刘二哥的题词也在其中。

好纸张），装订精良，我自己做不来，是请父亲的文书孙某按我的创意做的。封面与封底之间还做了扣袢，可以用一把小锁锁起来。这样，我的同学和朋友为我题写的纪念册的内容，不经我许可，别人就看不到了。这也算是我开始守护自己的秘密吧。纪念册做好以后，我想象着以后可能留下的各种宝贵的赠言，心中泛起几分兴奋、几分幸福，决定把我的长诗《假如活着》（诗题略去）写在卷首：

让我也给一点什么您们（代序）

（一）

假如生命仅只是匆匆而过的行客，/在世界彷徨一些时日……/假如活着只求一身的温饱，/和一些人打招呼，道安……/不曾领悟什么，/也不曾启示过什么……/没有受人毁谤，/也没有诋骂过人……/对所看见的、所听见的、所触到的，/没有发表过一点意见……/临死了，/对永不回来的世界，/没有遗言……/假如死了，/只留得一副枯骨，/占有一口棺材，/一方土地……/能不感到空虚和悲哀吗？/

——摘自艾青的诗

(二)

假如生命仅只是终日嬉戏的顽童，/在世界溜达一些时日……/假如活着只求一己的快适，/和一些人开玩笑，/闹别扭……/不曾收入过什么，/也不曾付出过什么……/没有受人纪念，也没有纪念过人……/对所看见的、所听见的、所触到的，/只是无尽止地开玩笑……/临死了，/对永不回来的世界，/只是一声苦笑……/假如死了，/只留得一副枯骨，/占有一口棺材，/一方土地，……/能不感到空虚和悲哀吗？/

(三)

假如生命仅只是穷凶极恶的暴客，/在世界横行一些时日……/假如活着只求一己的满足，/和一些人抢掠厮杀……/不曾怜恕什么，/也不曾崇爱什么……/没有受人相信，/也没有相信过人……/对所看见的、所听见的、所触到的，/只是一味地凶横……/临死了，/对永不回来的世界，/只是一声狰狞的叹息……/假如死了，/只留得一副枯骨，/占有一口棺材，/一方土地，

……/能不感到空虚和悲哀吗？/

（四）

那么，让我说：/生命是一个勇敢的猎人，/崇高的战士，/在世界上追求、猎取、战斗！/活着是为了自己所热爱的一切底臻于真、善、美！/膜拜至高的牺牲、热的爱、激烈的恨和真实的行动……/让我们因毁谤可毁谤的世界与人群而受到毁谤吧……/对所看见的、所听见的、所触到的好的，/一味追求、创造吧……/对所看见的、所听见的、所触到的坏的，/不惜以重大的代价送它滚蛋！/临死了，/对永不回来的世界（即使依然褴褛）/你该现出骄傲而绚烂的笑啊……/即使死了，/只留得一副枯骨，/占有一口棺材，/一方土地……/但，/你能说，/你给予人的，/甚至你所收入的，/不都是好的吗？/

若耶底第十四个暮秋，涂于南国北隅之农园。时值星月皎洁，微闻军号响彻。松林而虫鸣不已。

1943年9月

广东韶关十里亭农园

玟注：1）此诗原名《假如活着》。写于1943年，曾发表于志锐中学的班级壁报《白浪》。1943年9月抄在纪念册卷首时，略去原题，冠上“《让我也给一点什么您们》（代序）”。1944年秋经华英中学黎敏子老师推荐发表于韶关某报。收入《勿忘庐人家诗集》时也用的此题。

2）若耶是我的第一个笔名。

3）这本纪念册历经被迫离婚和“文革”等劫难，想尽办法珍藏至今。

这首诗是我读艾青某诗有感，以它为楔子，进而铺陈了三段格式相同的篇章，直抒胸臆，让积淀有年的领悟化为诗句，喷薄而出，是一位十四岁女孩对生命的宣言：人，为什么活着。人，应该怎么活着。现在看来，它是我一生中第一份宣言，是我终身在履行的誓诺。

农园，我抗战八年中住得最长也最喜欢的家园。农园四年，我度过了童年和少年时代的最重要的岁月。我长大了！

很遗憾离开农园时过于仓促，没能好好地最后看看它。只记得“玉文斋”的横额还半脱落地贴在我卧室的门楣上，没来得及摘下。

别了，农园！

2015年9月8日

北京

附录：大妹妹湘琦以第三人称写的回忆（有删节）

1942年12月，香港沦陷，何香凝、廖承志母子北上赴延安，途经粤北乐昌，被国民党军队截获，廖承志被拘押。廖当时化名何柳华。军方查悉何柳华就是廖承志，不敢怠慢，立即上报广东省保安司令部。当时的保安司令由广东省政府主席李汉魂兼任，我们的父亲周游是副司令。周获悉后，虽有救廖之心，但兹事体大，非独立可以办到。遂一面下令妥加保护，不许虐待。一面开始多方的斡旋。他首先争取到当时广东省军政首脑李汉魂和余汉谋的同意和支持，最后亲赴重庆面蒋，争取得到最高当局的首肯。

再说廖承志之母何香凝，曾在广州执信中学执教（与邓颖超等同为政治教官），与周游的夫人魏静依（当时是执信女中的学生）有师生之谊。何到了韶关，亲到十里亭农园周家求助。周游夫妇优礼有加，让二女儿湘琦腾出卧室，请她在家中住下。湘琦则搬到姐姐湘玟的卧室。湘琦至今对这一段记忆犹新。

周游带着李汉魂、余汉谋的信件飞往重庆。当时蒋的侍从室主任林蔚文正好也是周的黄埔同学，帮助周顺利地见到蒋介石。蒋审阅了李、余的报告，自己也不想背负杀害革命元老（廖仲恺）之后，又断其香火（廖承志）的恶名，遂写了封同意释放廖承志的信。蒋还以校长的身份送给父亲一张照片。

周游携带蒋的亲笔批件返回韶关。廖承志获释。

为了答谢周游夫妇，何香凝曾在一次宴会上即席画了一幅《梅花牡丹》赠予周游夫人魏静侬。周游即席的赋诗也由何香凝题写在画上。（玟注：诗见本章第79页。画由魏静侬珍藏。）

2015年10月3日

勿忘庐

第十一记 黄塘 罗屋

（1945年1月—8月，梅县黄塘）

1944年冬，我家逃难的第一站到了粤东平远。记得是在一所民房里过春节，我还写了一副对联“平挹江山好 远观国运新”。上下联首二字是“平远”。联语并不新巧，但现在看来，它反映了一位少女的爱国情怀，她想的不是“小家”的幸福，而是国家的“新运”。写这对联时，我在窄小的堂屋里面朝门外眺望（广东的冬天室外不冷，厅堂一般都敞着门），看到绿色的农田、远山，心中涌起一股对祖国大地的热爱，盼望抗战早日胜利，迎来国泰民安的好日子。七十年来，这一段经历平日很少想起，甚至已经忘却。但写到逃难抵达梅县之前，曾在平远盘桓一段日子，记忆的画面便立刻呈现，对联的内容也毫不费事地记了起来。

在平远停留的日子不长，我们最终在粤东名城梅州（当时通称梅县）安顿下来，租住在黄塘一所两层楼的大屋里。屋主姓罗，屋名罗屋。这所楼房外表排场，内里却空空如也，家徒四壁。墙壁地面都很粗糙，间隔也有点土气。后来知道侨乡的大多数“洋楼”无不如此，很少例外。因为“楼主”都是早年漂流异国、苦打苦拼的华侨，他们有了钱以后，都想在家乡盖所房子，作为落叶归根的处所。但盖成后，或者是钱不够了，或者自己又长期回不来，内部装修、添置家具便都顾不上了，一般都由亲戚占住或帮着打理。罗屋现在的男主人和“楼主”的关系不明，但显然不是打拼的那一代。他中年发福，神情懒散。对我们这种“难民”透着冷漠和不屑。倒是他的妻子对我和妹妹还能假以辞色。她年龄应该不老，但有点过早的憔悴。她容颜清瘦，透着化不开的愁苦。记忆中她总是一身黑衣，没穿过有色彩的衣着。

现在该写到我在梅县的学校——乐育中学了。志锐中学以后的两所中学，华英和乐育，假如我说“我喜欢华英”的话，那我接下来会说：“我爱乐育”了。从开蒙到毕业，就读于一所学校固然有福（可以免去转学的陌生和不适，加之课程连贯，不致脱节等），但我的两次转学，却令我的中学生涯得入佳境。华英的一个学期（高二上学期），使我找到“学校就应该是这样的”那种感觉，乐育的一个学期（高二下学期）则使我有心智顿开、得大欢喜的愉悦。她也是一所教会学校，但并不像华英那样常唱圣诗。唯一的“教会”的标志是有一位德国牧师，住在离学校不远的楼房里。这位牧师后来成了我们从韶关逃难来的三名广府同学（客家对操广州话的同学的称谓）的英语老师。因为乐育是由德国教会创办，外语是德文。而我们三人转学来的，外语是英文。

乐育中学由两座教学楼和一片大草地为主体，有一些附属建筑，如礼堂、教师办公室等；有一个大运动场，我记得的是篮球场和跑道。因为我自己在篮球场投过篮，看人在跑道上学过自行车。最令我喜欢的是有一衣带水环抱其间，一处半岛形的水边，有一个中西合璧的亭子。这一切都有点老旧，但不妨碍我在那里留下许多难忘的记忆。更有幸的是学校离罗屋那么近，只隔一条自然的界线——那一衣带水至此形成一湾淙淙的小溪，环流而过。溪上有木板搭成的小桥，过了桥便是罗屋。我每天两点一线，从罗屋到学校，再从学校回罗屋，很少上外边徜徉游览。但有一次上英语老师——那位德国牧师的家，经过一些整洁的乡间小道，呀，那些屋外的篱笆下，全种满了各种颜色的玫瑰花。有的还攀援上了篱笆。叫它玫瑰，我想是不会错的，因为它确实有异于本土的月季。我一看便醉了，这不是童话中才有的景象吗？不是我千百遍地向往的玫瑰花巷吗？更喜四外无人，只有我一人踽踽独行。于是我尽量放慢了脚步，恍惚间，我觉得花巷的尽头应该有一个人，至于是

这是在黄塘乐育中学留下的唯一一张照片。与同学合影。我穿的是捡自母亲的旧衣，月白色的夏布旗袍。摄于 1945 年。十六岁。

什么人，那时我真没有能力描摹得出，当然他至少该是可以帮助我离开家庭、共同追求光明和幸福的人。事实上，那天什么人也没遇到，只找到牧师的夫人教我唱歌。但自此玫瑰花巷成了我精神世界的一个特别美好的记印。

另一个美好的记忆是乐育的老师和同学。首先是他们的不歧视，不排斥，对我们三位“广府同学”九分友好，一分高看。其实客家同学自己都很优秀，数理化成绩非常扎实。班主任梁菊庵老师瘦弱寡言，感情深沉。在我的每周作业——用毛笔书写的“周记”里，工整地同样用毛笔写下大段的批语，有理解，有鼓励，让我第一次明白什么是“春风化雨”。国文老师是一位乡绅模样的老先生，在讲解欧阳修的文章之后，让我们就欧阳修的“六一居士”的名号写一篇心得，我很自然又自如地用文言文写了。我不记得老师是否在班上表扬过，但他在梅县的“乡贤”阶层中宣扬过，他的学生某某文言文写得好。乡贤的圈子中有一位师管区司令张宗良是父亲的朋友，很快地告诉了父亲，我也就知道了。不过这样的事并没在家里引起特别的关注，我也没把它放在心上。我这时可能正忙于一些课外活动，例如办壁报，组织女生小合唱队练歌，参加全校的演出，我还担任指挥。演唱的歌曲中有一首《幽静的岸滩》，可能选自外国（德国?）的一部音乐作品，很优美。将近五十年后的20世纪90年代，我辗转找到这首歌，由我所在的北海女声小合唱队排练演唱，受到大家的欢迎。我和妹妹还参加了一次全校性的演讲比赛，她取得初中部的冠军，奖品是一面锦旗，大书“有声有色”四字。我取得高中部冠军，也有一面锦旗，也有四个字，但忘了写的是什么了。我想这个成绩，首先应该感谢母亲，她让我们从小学习“北平话”。而这次演讲首先要求的是用北平语音为基础的普通话，我和妹妹在语言上占了优势。

却说罗屋二楼的窗户可以看到楼下的一方天井。一天，天井里突然来了一个结实的、胖胖的青年妇女，穿一身花布衫裤，打一把黑色洋伞，由一位中年妇女领着。我正奇怪怎么来了陌生人呢，有人告诉我，屋主要娶小老婆了。那位妇女就是领着来相亲的。果然，过不两天，就有更多的妇女簇拥着新嫁娘来了，仍然打着黑阳伞，仍然穿一身短衫裤，不过稍微新净鲜明一点。这次我注意看了，她不漂亮，但脸蛋红红的，很健康；手脚粗粗的，能干活。我有点愤慨，有点同情女房主，奇怪的是，我还有点可怜那个小老婆，明摆着是“娶”的劳动力加生育机器嘛。但我什么也做不了，只能转身去做作业。

晚上，我和妹妹在二楼的圆形阳台上乘凉。突然听到一阵幽幽的歌声，它来自相邻的阳台。罗屋可能是连体的两栋楼，我们租住其中的一栋，另一栋屋主自住。两栋楼的阳台隔得很近，一根晾衣竿就可以搭过来。我循着歌声找唱歌的人，原来是女屋主，一身黑衣裤，蜷缩在阴影里（应该是坐着的吧?）。只听她唱道：

海中碧水无波，天上疏星零落；
世界已经睡着，多无奈何！

剩下凄凉寂寞，长夜怎能耐过？

失了我的快乐，请你还我！

歌声不能说动听，但不跑调。声音轻轻的、柔柔的，但绝对是凄凉的。这是一首有名的外国歌曲，由中国音乐人填词作为学堂歌曲，在20世纪30—40年代广为传唱。我们是从上学的姑姑舅舅那儿学来的。她怎么也会呢？对了，她婚前想必也是上学来着，那又是怎么嫁给这么一个伧俗的男人的呢？这些问题我都无法解答，只在心里难过。突然想到今晚是男屋主纳妾的日子，难怪她独自一人躲在阳台上唱这么凄凉的歌！以后的日子，许多晚上都听到她唱这首歌。白天，常见的是那位小老婆在天井里洗衣服，不打伞了，但低着头。奇怪的是，我们在罗屋的日子，从未看到他们三人有任何交集。胖而懒散的男人，难得经过天井一次，遇上小老婆在洗衣服，也从不正眼瞧瞧。

这年夏天，有机会到梅县城里看了一次演剧宣传七队的演出。这个演出以它饱满的抗日爱国热情和精湛的演艺水平令我震撼。踏着月色归来，我把自己的激动、感谢，以及一些改进意见，给七队写了一封信。信是写给集体的，该发出了，可是信封怎么写呢？由谁收阅呢？我拿过演出说明，看到一行演职人员的名单。我从小没有“追星”的兴趣，目光从出头露面的队长、主持人的名字上滑过，又从一些深受群众欢迎的主要演员的名字上掠过，心想都不合适。最后，我在末尾一行找到负责“文字宣传”的T，心想就是他了，负责文字宣传嘛。信发出后，很快收到T同志的回信（那时中国的邮政快捷）。回信很热情。不过他把我当成男孩了，唤我“湘玟兄”，并希望见一见。原来我的信介绍了自己是学生，却忽略了说明性别。至此我回信如实介绍了自己的性别和年龄，表示欢迎他来学校玩玩。

约定的时间到了，地点就在“小半岛”的亭子中。我记得自己有些好奇，也有些激动，但心地是坦然而快乐的。T准时骑着一辆自行车来了。我不记得那是什么日子，但四外确实无人（也许是暑假已经开始？）。他有些好奇地打量着我，我大方地和他握手，请他在亭子的长条木凳上坐下。现在想，我那时虽然年龄不大，但已有过演剧、演讲、唱歌的锻炼，还当过女生区队的区队长，虽然仍不免有些害羞，但总的应该是落落大方的。后来知道，那也正是T对我的第一印象。当我感到他在把我当大人看待时，我心中很是高兴。他个子高高的，头发蓬松，脸色苍白，戴一副黑边眼镜，面容有点显老（后来知道，他当时是26岁）。我很快在心里把他当成老大哥看待。和T的交往就这么开始。他的文学修养很好，介绍我阅读的第一本书是罗曼·罗兰的《约翰·克里斯多夫》。他的工作和经历为我打开了一扇通向外部世界的窗户，因此很愿意向他学习。我感觉他很喜欢我，这倒没引起我的不安。因为从小到大，我早就习惯了长辈们，包括同代人对我的喜爱。当他知道我迫切地想离开家庭，去追求一种新的生活时，他考虑了几天，告诉我可以介绍我到东江纵队去。我当时对共产党的认识还很模糊，但知道“东江纵队”是抗日根据地。因此一口答应，满心期待。他告诉我做好准备，一旦和他的“朋友”接上头了，就可以成行。从这天起，我表面不动声色，但暗地里准备了一些换洗衣服，放在一个旅行袋里。又把旅行袋偷偷藏在车库的杂物堆里。想到在靖村小木屋里的“出走”计划，当时要攒够20元钱很是困难。但这时攒的已超过20元钱，而且还有了一枚手表。

就在等待的日子里，T给我看了他的一本日记。我用心看了。当然一方面是增加了对他的了解，但对他字里行间不经意地透露的剧宣队的恋爱现象，我感到不安。就在这时，他向我表白了他喜欢我。女孩子（即使我还小）对感情问题是敏感的，应该说，在他给我日记时，我已经隐隐地感觉到一些什么。这时我马上诚恳地告诉他，我对他只是对一位老大哥的尊敬，不可能是别的感情。我珍惜我的爱情，我不会轻易付出。希望一生只有一次，即第一次也是最后一次。现在想来，我也对自己当时的从容淡定感到满意。十六岁的花季，可以说一半还是孩子。怎么会回答得那么“好”呢？无他，因为我想过，因为我在考虑“人应该怎么活着”的同时（见14岁时的新诗《假如活着》），也考虑过“人应该有什么样的爱情”。那时，我虽然不知道爱情是什么感觉，但我知道我对他丝毫没有爱情的感觉。尽管这时我除了把他当老大哥看待，也开始把他当引路人看待。

没过多久，T来告诉我，他和“朋友”失去联系了，东江纵队这时去不成了。后来知道，是他的上线因白色恐怖撤退，暂时中断了和他的联系。我知道后，当然很失望。正好这时，车库里的旅行包被父亲发觉，他大发雷霆。我当时怎么搪塞的记不太清楚了，大概说的是准备和同学去旅行吧。父亲太聪明了，他当然不会相信。不过看到我老老实实地待着，并没出走，最后也只好相信。

离家不成，下一步怎么办呢？这时偶然看到国立中山大学招生的启事，梅县设了一个考场。我脑际灵光一闪：考上大学，不就多一半离开家了吗。旧社会大学生有一定地位，受到家庭乃至社会的尊重。起码母亲不会那么肆无忌惮地打骂我了。于是我提出报名考大学。这一点，父母倒不反对。只是我才念到高二，高中并未毕业。幸好那时有一条规定，鉴于战时的离乱状态，考生同等学力也可报考，不一定要高中文凭。（这里应该补叙一下，乐育的这个学期，我的总平均分数仍然是全班第一）。

考试的日期到了。考场设在某一所中学里，离我家约有八九华里。走路我倒不怕，只是我新的一轮疟疾刚刚退烧，身体非常虚弱。家里任何照顾也没给，我就像平常上学一样，夹着一摞书本和文具盒走出大门，谁也没当一回事。我独自一人虚弱地走着，七月的骄阳在光秃秃的公路上撒着流火，我的汗水很快就把前胸、后背都溻湿了。加上病弱的虚汗也流个不止，我的头发和脸颊都是湿淋淋的。就这样，我咬着牙考了三天。考场上碰到一位华英中学的高班同学，他是高中应届毕业生前来应考的，他惊讶地问我：“你怎么了？脸色那么难看！”

我离开考场，第一感觉是我没有错失机会，尽了努力。第二却是没敢抱多大希望。文科成绩应该是不错的，但数学和英语的成绩不好。复员到广州后，同年9月在报上看到榜单，知道已被国立中山大学中国语言文学系录取。

特别振奋人心的是这一年迎来了抗日战争和世界反法西斯战争的胜利。黄塘离县城远，只听到一些隐隐的鞭炮声。家里也没有特别的庆祝。后来知道，抗战胜利，意味着国共又将开始内战了。父亲果然又失业了。

但是我们没有理由再留在梅县，也得随大溜复员回广州去。约莫是1945年8、9月间，我们登上了南下的木船，向广州进发。我在船舱内看到母亲走过跳板上船，她也是笑着给自己壮胆，不过没有吴侬软语，说“好怕怕！”我忽然发现母亲很美，是一种雍容的端庄的美。我想一定要记住母亲这个形象。母亲，我没有忘，而且在这里记下了！那一年，母亲才35岁。

1937—1945年，抗战八年，我从8岁长成到16岁。我身材高挑，已超过母亲。再也不能穿小女孩的衣裙，而是捡母亲的旧衣裳。常常是一袭月白色的夏布旗袍，不十分合体，但清爽宜人。一头乌黑的长发，两枚白色的发卡。这个女孩，开始走进她的少女时代，走向大学。即将正面她十分困厄却不无亮色，说来普通却有着生死来回的人生！

2015年11月16日

北京新勿忘庐

（玟注：抗敌演剧宣传队是抗日战争开始时，由周恩来同志领导，田汉、郭沫若等同志组织的进步宣传队伍，分驻在各大战区。以其进步的思想和精湛的演艺深受群众欢迎。）

第十二记 广州 沙面 石牌

(1945年10月—1949年7月，广州沙面、石牌)

1

1945年秋，我进入中山大学。我不大记得十六岁的我是什么模样。但想起一位同学的描述，庶几可以近之。他说：(那是在我们入学不久，也就是相识不久之后）那天我在发榜的地方看到你，你穿一件黑丝绒旗袍，一头黑亮的长发，站得直直的，微微仰着脸看榜。……我反驳说：那不是我，我没有黑丝绒旗袍。他肯定地说：就是黑丝绒旗袍。我一眼就记住了，那么与众不同，那么神圣不可侵犯。我很较真：我只有黑府绸旗袍。争论当然没什么意义。后来我想过：他肯定是把黑府绸的质地想象成黑丝

十六岁照。1946年初摄于广州。

绒了。记忆允许有错误。不过他总的感觉应该是相近的。我从八年抗战中走来，我从三年的准军事训练中走来，我从中外古典文学、中外革命文学作品（包括抗战的文艺作品）的浸润中走来，我从那使我非常痛苦又给我良好教养的家庭强挣出来，我从好几本马克思主义读物（包括尚未读懂的《新哲学大纲》）的启蒙中走来，我甚至还自以为从对生命和爱情的憬悟中走来，我渴望着把自己奉献给一个值得为之奉献的理想，因此喜欢深沉的黑色，常常穿着黑色的衣衫，留着长长的黑发，加上挺直的身姿，凛然的气质，是符合我发乎中而形诸外的形象的。

我还有另一面的形象，是通过母亲的眼睛告诉我的。刚回广州不久，母亲便急于重访她出嫁前的故居。母亲在广州长大，故居在广州小北九如坊。那天她让我穿上她送我的一套“西服”，我想，那应该是她少女时代最贵重的正装了：一条几乎盖到脚面的米色呢料长裙，没有裙腰，却是连在一件丝质的白背心上的，因而有一种潇洒自如的风姿；上身是同样颜色质量的一件紧腰西服。虽然我穿着还有点宽松，但总体是贴身并显着苗条的。母亲雇了两辆黄包车，从广州西南的沙面奔向正北的小北。黄包车穿行在复员初期不太干净的马路上，母亲好几次回过头来端详我。我感觉母亲大概很激动，还有些伤感，但两辆车隔得远，不好交谈。车到小北，找到了九如坊。那是母亲少女时代的住所，她的母亲也曾优待她，给过她一间单独的闺房，直到民国十六年她十六岁出嫁……母亲这时甩开了搀我的手，疯了似地扑向那曾经是她的卧室的小花厅。小花厅是全部住房的亮点，有比较讲究的门窗，凭窗即可窥见小院子里的花木，显见我的外祖父母爱女之殷。可惜房间的主人不在家，门锁着。我礼貌地向户主夫妇解释了缘由，他们都理解，主动让母亲观看其他卧室和客厅餐厅。我那时虽然不能完全理解母亲的心情，心思又不全在这件事上，但我是感动的。回程里母亲一语不发。到家卸妆时她不让我马上换衣裙，怔怔地瞅了我半天说：刚才坐在车上回头望你，你就是十六岁的我。

我想，这也是那时我有据可查的模样了。

现在要说说位于广州沙面的家了。它是一座德国人盖的小楼，那时算是敌产。刚复员时住的是新一军某部几户家属。后来新一军北上，师长李某（名字记不准了）对我父亲说：我们要撤了。你搬来吧。住不多久，广州市敌产管理局下了文件：房产可作价出售，现住户有优先购买权。那时父亲正在南京找工作。母亲忙不迭地把我从学校召回，陪她到当铺去典当首饰，购买这份敌产。现在想来，当时的敌产管理局还是比较廉洁的，定的房价不高，也没有留难，交了房款就把房契取回了。经手的处长正好是我一位女同学的父亲，也没有任何刁难。倒是那位非常革命的女同学解放后多次认真地对我埋怨过：她父亲没向我们要钱。可见那位处长是比较廉洁的。反而是革命的女儿心地并不纯洁。

购房的全程都由我陪同。当我陪着母亲从敌产管理局把房契领回时，母亲是激动的。记得她还买了两大挂鞭炮，悬在花园的大榕树上燃放，以示庆祝。

这所房子不完全像住家，楼上楼下各四大间倒像是教室或办公室。特点是宽敞、明亮、规整。楼下大门旁各有一小间可直接对外的房间，像原来的门房，但和主要的居室是一个整体。二楼相对应之处则是一条漂亮的长廊。凭窗下望，是那条环抱沙面的小河流水。我们入住后，在长廊右端的窗下摆了一对紫檀木躺椅，茶几上放置电话（号码是1945年的16945）。长廊靠左，即通母亲卧房的门前，放置了一套云石台面的紫檀木棋桌和凳子，可下棋，也可面对西桥流水品茶。我则常在那儿写作或者唱歌。沙面原是广州西南端的一片洲渚，南临天高水阔的白鹅潭，北与市区的六二三路相望。估计是在广州开埠之后，由列强各国经营成这么一处“特区”的。它环境优美、管理良好，错落但有序的建筑不光外表漂亮，而且风格各异，没有一幢是相似或重复的。沙面是紧依广州的一座小岛，有二桥可通市内，东桥通车，西桥仅供步行。

由于二楼东面的房间离邻居的窗户太近，母亲选择住在西面的两间。前房是她带着两个弟弟，后房是我和妹妹居住。东侧的前房算是二楼的客厅，我们习惯叫它小客厅，后房可能是母亲的储藏室。靠楼梯的宽阔的走廊，有时充作餐厅，父亲不在家时，母亲便领着我们在那儿进餐。楼下的四间则是一个大客厅、一间大餐厅和两间客房。

现在该描述一下后花园的景象了。这座房子前门临街。所谓街，只行走着沙面的住户和少量来沙面访亲探友的行人，因此异常清静。后门则是一个大花园，面积约1200平米。我们刚搬入时一片荒芜，不过倒还洁净，现在回想，那几位新一军的家属素质不错，没往荒芜的花园里倒垃圾。我们入住后，母亲又在园中竖起了秋千，架起了跷跷板和滑梯，陈设了两张花园长椅。园中除了大榕树外，沿着围墙还有一些木瓜树。但我不记得吃过木瓜。我常带着弟弟们上那儿玩耍，母亲也常和来投靠的亲戚们在那儿叙谈。

这就是我1945—1949年的家。

2

我于1945年9月到学校报到注册。国立中山大学矗立在广州西北郊的石牌，美丽恢弘的教学楼错落地点缀在小山之麓和湖水之滨，包括文、理、法、工、农五大学院和研究生院。医学院和师范学院则在市内。石牌的教学楼一概红砖绿瓦，大理石廊柱，融汇了中国古建和西洋建筑的精华，而且每一幢风格各异。远观气象万千，细看则赏心悦目。尤其文学院的大楼被誉为最漂亮的一幢，后来因为成为学运

初入中大照。1945年与母亲弟妹摄于沙面。十六岁。

的指挥部，又有了“民主堡垒”的美称。那时有男生宿舍两处，一处叫四座宿舍，一处叫五座宿舍。另一处离得稍远的则是两座女生宿舍。它右邻美丽的“洞庭湖”，那是一泓清澈的人造湖，位于五座宿舍和女生宿舍之间。我曾给过它一个更美的名字——茵梦湖，但没在大范围内叫开来；左临尚未开发却富有野趣的一处自然湖泊——鄱阳湖，后来同学们把它挖掘清理成一处游泳水域。我有幸在刚赶走日本鬼子之初，便进入这所知识的殿堂。由于受到日本人的破坏，女生宿舍都没有门。妈妈让人量了尺寸，做了一扇洋铁皮带木框的门。我自带房门上学，就优先获得了一间宿舍的居住权。有两位女同学搬入同住，我表示欢迎。

住下之后，首先要解决吃饭问题。当时校方领导无作为，学校也确实是百废待兴，开课了，竟没有食堂！不少先期入住的同学都在房门口设置了陶制的小风炉和小沙煲，自己做饭。我们三人也只得效仿大家，自己动手，一人轮值一周。我就是在那时学会了“煲饭仔”，做简单的饭菜。开课了，教室没有桌椅，校方给每人发一张小板凳（比家用的略大），一块代替桌面的小木板。我大学的第一课，就是一手提着小板凳，一手夹着小木板和活页夹走进文学院的教室的。

大学生活开始了。我暗下决心，除了上课和读书之外，尽量避免课外活动。但没想激于义愤，参加了第一次民主大游行之后，便有几位女同学主动地接近我，通知我参加一些报告会。大概也就在这前后，我路经广州长堤，看到救济总署前竟倒着饿殍。本来这个景象在当时的广州街头并不少见，但中国的老百姓竟然饿倒在堆满救济面粉的美国救济总署前，不能不使我激忿填膺。加上我走不多远，又看到被罚扫大街的日本战俘，戴着雪白的口罩和手套，一面傲慢地扫街，一面斜睨着过往的行人。扫累了，便摘下口罩手套，啃一个看来质量甚好的大面包！我愤怒了！匆匆写了一个活报剧《在救济总署前》投给文学院白云学社的壁报。活报剧很快被刊登出来，便又有同学来邀请我加入白云学社。我没有理由拒绝，只好参加了。

我的宿舍在第一座女生宿舍的二楼。床是用两块床板搭在两条长凳上拼成。规定是四人一室，因此发了四套床具。我们只有三人，多余的一副床板便被做成了沙发。办法是，将两条长凳放倒，一块床板当坐垫，一块床板当靠背。很实用，也很舒服。一个傍晚，两位男同学敲门进来（那时还没派舍监，也没有专管会客室的女工。因此高年级的男同学大都可以自由出入），礼貌地称我为“周小姐”。我请他们坐在了“沙发”上。他们两位我认识，都是民主大游行的主要组织者和指挥者。在作为民主堡垒的文学院大教室，我听过他们激情洋溢的演说。其中一位是法学院的高班同学H，现在自我介绍是南燕剧社的负责人（后来还知道他是贺子珍同志的本家亲戚）。另一位是农学院的高班同学L，就是后来硬说我“穿黑丝绒旗袍”的那位。他们开门见山地说了来意，邀请我参加南燕剧社的演出。剧名《还乡难》，是剧宣队一位同志写的。虽然我骨子里热爱戏剧，但我已经下了决心，要珍惜大好的来之不易的读书机会，不再揽那么多的课外活动，便也开诚布公地表示，自己是新生，想专心学习，对不起，不能参加了。南燕剧社是中大历史较长、声誉很高的表演团体，上演过不少大剧、名剧。谈话间提及剧社主要的女演员某某，我问："她来演不很好吗?"两位负责人都面露难色地回答："她拒绝了，因为演这种进步的戏有危险。"我第一次听到"有危险"这个字眼，第一次意识到摆在面前的问题并不仅仅是参演一个剧的问题。现在已经很难回想我当时是怎么考虑的了。我只知道，十六岁的我，已经独立地筹划过离家出走(未成，没有具体目标和出路，那时还不满十二岁)，独立地筹划过参加东江纵队(未成，十六岁)，独立地决定以同等学力报考中山大学(成了！十六岁)。总之我很快地回答说：(既然有危险，)我参加了！他们两位有点喜出望外，没想到前边说了很多剧社的光荣历史，包括有名教授、名作家的参与，我都没动心；说到有危险，我倒爽气地应允了。

第二天，我在女生宿舍门口碰到两位靓装的高年级女同学，有人指着其中一位告诉我，那就是南燕剧社的台柱子。我不禁好奇地多看了一眼。只见她年龄不小了，服装时髦，发式讲究。一口纯正的"京片子"是我赶不上的，一脸傲气是我所没有的。我一袭淡紫布旗袍，一双象牙色系带皮鞋，两条蓬蓬松松的大辫子（有时嫌长发碍事，随随便便地编成辫子，随随便便地用橡皮筋扎着)。但不知为什么，我丝毫没有自惭形秽，反而在她的眼神和眉宇间看到了空虚和落寞。

至此，我初入中大时的“防线”已全部被打破。这以后，我的底线是死死地守着《文选》（一年级黄海章教授）、《诗选》（二年级詹安泰教授）、《词选》（三年级詹安泰教授）、《曲选》（四年级王季思教授）、《诗经》（一位老教授，毛诗专家）、《世界文学史》（一位副教授，李鸿章之孙）、《尚书》等课程，再忙也要上课，万一旷课了也得设法补上笔记。三年级时，王力教授出任中山大学文学院院长，并开了一门《汉语》课。我特别感兴趣，总是赶到前排听课。

排戏开始了，并没有预期的有经验的导演，当然也没有原来的名角参加。两位女角都是新人。除我以外，另一位是转学插班的农学院的女同学Z。第一部戏是《还乡难》，反映还可以。我想是同学们的政治热情促进了观剧的审美热情。演出时有三青团的特务学生混在观众里，但进步同学警戒较好，他们没敢闹事。第二部戏是《还乡泪》。这时剧宣七队也复员到了广州，由T为我们请到了七队的导演S来指导。参加南燕之初，我就听说一般的演剧团体女主角难伺候，动不动以罢演相要挟。我在中学演戏还没碰到过，没想到这时真遭遇上了。这个剧本有两位女角：瞎眼的妈妈和已经出嫁的女儿。分派角色时由我演女儿，Z演妈妈。但对了两遍词之后，她就以各种借口不干了。经验丰富的H心里明白是为什么：Z不愿意演老年妇女。但他难以处理。原来分派的角色是合适的，大家也都一致通过。明摆着我高挑，声音也年轻。她矮小，声音低沉还略带沙哑。但她罢演了，怎么办呢？渐渐大家都明白了，只有我还傻着。我想，Z和她的妹妹Y（当时担任提词）都是思想进步的女同学，决不至于这么庸俗地要大牌吧？我还真以为她有什么困难，巴巴地去找她谈过，当然只能更惹她恼怒。最后我也明白是怎么回事了，一面心里对她感到失望，一面在会上对大家说：把我和Z的角色调换过来吧。

排戏顺利地进行了。我也很快忘了Z的毛病，专心致志地创造我的新角色。由于有了好导演，大家的演技都长了一大截子，彩排时便把观众看哭了。正式演出时，观众看到坏人一次次欺负善良的母女一家，瞎眼的母亲每一次对坏人的斥责都会赢来观众热烈的掌声。直到最后，母亲把拐杖狠狠跺地，厉声喝止她女儿的软弱，并大声说道：“兰儿，我们穷，也要穷得有骨气！”时，全场爆发出雷鸣般的掌声与喝彩声，久久不息。我演过一些美丽善良的女主角，但这一次获得的掌声最热烈。无他，因为这时正好是大批老百姓复员还乡的当口，而还乡的老百姓都无不受到各种刁难和欺侮。这个剧本正好说出了被欺压群众的心里话，演出了他们的愤怒与反抗。当晚大家都沉浸在演出成功的喜悦里，当然最不能忘的是剧宣队同志的帮助。大家也都称赞瞎子母亲的成功，但我想到的只是庆幸自己没把这老年妇女演砸，丝毫没觉得有什么功劳。说起来，我当时倒是应该关心一下Z的反应。她和她的妹妹怎么就没算计到瞎子妈妈才是真正的女一号呢？全剧的亮点和掌声都在她身上啊！多年以后，职级颇高的妹妹Y告诉我知道她姐姐挑角色的事。可她当时为什么不置一词、听之任之呢？我一直把她们作为进步同学追随着啊。那晚上，我真的什么也没想。只在七十年后写这篇文章时，才记起这段经历，觉得每个人历史上的真相还是应该还原的，至少在我的回忆里。

我从小有个情结，希望自己有哥哥或姐姐。那些年，我便真在感情上把Y姐妹当成姐姐，愿意随着她们一起活动。现在想来，当时在我是不识眉眼高低自管自地追随，在她俩则是无所谓地有一搭没一搭地带着。有意思的是，她们带着我认识的人，都很喜欢我，说我可爱。Y姐妹年龄较大，已经有钱在石牌那条有名的“好吃街”下馆子，我呢，一直还保持着从小的习惯，除了每月的伙食费和交通费以外，再没有问母亲要过多余的钱。因此，从来没付钱请过他们，都是她们或是男同学们付钱。这时候，通过她俩认识了进步作家陈残云和黄宁婴夫妇。残云比我们年长得多，质朴稳健，确实有老大哥风范。他介绍过我去主演一部电影，而且在香港和那位导演见面了。同时期，以剧宣七队为主干组成的新中国剧艺社也希望我能参加(他们不久就转战南洋一带了)。按说话剧表演是我的最爱，电影表演我同样向往，从感情上我是想去的。但当时联系我的进步同学明确表示，学校的斗争更需要我，让我留下。我思忖再三，服从了革命的需要。

这里应该特别记下残云对我的关心和帮助。后来他看到过我的书信和文章，认真对我的领导说过：湘玹在创作上前程似锦（原话如此），你们应好好培养。

这和我后来遇到的某些忌才妒才的领导们相比，何啻天壤之别！1956年，他领导的作家代表团到旅大参观访问，当时我在旅大文联工作，他找到我的第一句话是：你需要钱吗？我现在有钱了！怕我不相信，又认真地加上一句：真的有很多钱（其实也就是工资加稿费）。我一下感动得发懵了。我当然记得解放前大家都没钱的日子，我看到过他一家生活的窘迫。我回答说：你有钱我太高兴了！不过我也有工资了。但残云这句温暖的话我一直铭记至今。1946年刚认识他时，读过他的小说《风沙的城》和一些新诗。解放后，他的电影《羊城暗哨》和长篇小说《香飘四季》影响都很好。担任过很长时间的广东省作协主席。他的夫人是我们中大理学院数学系的高班同学、作家黄药眠的侄女黄新娥。

黄宁婴是那个年代华南的著名诗人。夫人王文娴贤淑开朗，有老大姐风范。他们住的是祖辈传下来的房屋，家境较为殷实。他家也是一处朋友常去聚会的地方。每去必有人在那儿吃饭。晚上多半睡在那儿。女孩子有房间，也有床。男士们大都在客厅打地铺。大家抨击当局的腐败和反动，畅谈明日的理想和追求，新诗之类的除了我有兴趣，大家反而谈得少了。总之乘兴而来，尽兴而去。谁也没想过要交饭钱，或者买点菜带去之类的。1978年改革开放，汪洋刚从七机部回到北京军区，到任前被批准休病假两月。我建议他到广州疗养。抵达广州的时间是那年的大年三十下午，我们放下行李就奔向宁婴家中。残云夫妇也早早在那儿等着。我阔别广州二十六年，重新坐在老大哥和老大姐们的中间，客厅的阳台门是大开着的（这在北京根本无法想象），熏风送进来米兰的清香，我真有恍如隔世的感觉。年夜饭开始，主人才不得不抱歉地告诉我们：所有肉菜的肉票都是凑的（那时广州每人每月才多少肉票，记不太准确了），因此不够丰盛。第二天是残云宴请，可能会“借贷无门”，娴姐建议残云夫妇把家中下蛋的母鸡宰了。我忙说：不可以！残云夫人娥姐脸上也露出不忍之色。当时“食无肉”的现实虽然把我从二十余年前的梦境拉了回来，可叹我仍然像当年那么不懂事，下一顿到残云家，依然没想到带一点吃的东西去，而且也没想到可以改在部队的宾馆请大家会餐（当然部队宾馆也吃得不好），似乎上谁家就该吃谁家的，整个一个惯坏了又长不大的傻丫头！整个一个到那时还不食人间烟火但又吃肉的笨蛋！不过我还会想着看看那只老母鸡是否健在，后来发现它还活着，趴在摆有花盆的阳台角落。可怜就一只，还差点宰了！再说那天年夜饭以后，我提议到花市去逛逛，因为广州年三十的花市是春节最大的亮点，也是我认为汪洋会惊喜不置的。当然，北国汉子汪洋看到寒冬腊月还有在户外摆卖的鲜花，自是又惊讶，又高兴。但我心中却掠过一丝悲凉：花市怎么这么萧条了？人们脸上怎么没有过年的开心的笑容？花市的街面怎么又湿又脏，到了烂泥潭的地步？广州啊，我的第二故乡！你这般颜面迎接你久别远归的游子，是你对不起我，还是我对不起你!?

3

进入大学后，我两周才回一次家。虽则如此，但家务的重担依然落在我一人身上。首先是采购，重点是食米、烧柴、草纸（当时的卫生纸）、肥皂等大宗日用品。家里有保姆、勤务兵，再说还有大妹妹，但妈妈却死死地非让我做不行。在采购上，我又太认真，为了买到质优价廉的食米，我会从长长的六二三路的街头走到街尾，询问每一家米店的价格，仔细比量米的质量。最后，回到我认为六二三路最为质优价廉的一家铺子去购买。再有一项让人难受的工作是替母亲写信，每两周至少两封。一封是给时在南京找工作的父亲的。其他则是回给外公以及众弟妹们诉苦要钱的信。阅读他们的来信以及进入母亲的角色写回信，确实让人既痛苦又厌恶。给父亲的信，一是诉苦，二是要钱。当然，我也体谅母亲的难处，即使手头还有余款，如果不时时告急，一旦接续不上，就有断炊之虞。碰到这种时候，我也陪她去过当铺典当度日。对外公和弟妹们的回信，则是诉苦没钱。两种对象，一样说钱，常让我想大声骂自己一顿，或者打自己一顿。每次完成这两宗工作，我已经痛苦不堪了，然后还得听她诉苦。不是对自己婚姻的悔恨，就是对父亲的不满，或者是对娘家人的埋怨。最后，就是说保姆们的不是。有一次，和一位湖南请来的保姆大吵起来，非得马上把人赶走。只好由我送保姆前往火车站。我一边帮她提着行李，一边安慰她。到车站购票后，计算时间得候车好几个小时，我又为她在车站附近的旅馆开了一个房间，虽然十分脏乱，但毕竟让她有个安全的候车之处。待我回到家中，母亲气消了，又让我到车站把她接回来。这回一路上我教给她一些和母亲周旋的方法（说成斗争的方法也未始不可），为她后来的处境争取到一些改善。由于我和保姆们的良好关系，她们都对我特别好，盼我回家的心情几乎和母亲、弟妹们一样热切。

我在家的日子一般只有周六一个晚上，加周日一个昼夜。周一清晨我便要回校了。在家的两个晚上，忙完家务躺在我的小床上，往往已是夜深人静。有月亮的夜晚，月色会透过高大的窗户洒到我的床上。记得有这么一个晚上，夜已深，灯已灭，满屋子只有皎洁的月色。母亲手执葵扇坐到我床边，让我欣赏窗外的月光和满屋的月色。并且说：玟儿，记住今晚啊，多少年后也要记住，记住妈妈和你这么一起看月亮。我看着在月色中身着唐装衫裤的母亲，心中努力地记住这个夜晚。褪去白天的暴戾，这时的母亲只剩下母爱和伤感。我一阵心痛，心想：妈妈，女儿非常爱你。为了你的幸福，女儿可以去死。问题是，女儿死了你也不会幸福，你还会说：没有一天是高兴的。不是吗？母亲其实是个感情极其丰富又多愁善感的女性，是个屈从了父母之命的婚姻又痛苦无告的女性，是个心智被不幸的婚姻扭曲了的女性。就是这么一位母亲，视我如珍宝、倚我为靠山，却从我记事起（约四五岁），就把她自己的不幸和痛苦，倾泻到我身上，种植到我心里。例如给我讲一些这样的故事：一个妈妈，因为爸爸不好，出家当尼姑了。她的孩子没了妈妈，四处哭着寻找。虽然故事的结尾好像是在仙人的指引下找到了，但妈妈还是不愿离开尼庵。我往往听到一半便哭得心房疼痛。而且，只要母亲一不高兴，便会害怕她要去当尼姑了。我小小年纪，已知道努力做好每一件能让她高兴的事。可是她还是不高兴，不是打骂我撒气，就是给我讲那些伤心的故事。我从幼稚园到小学，都拿第一名。每次我举着成绩报告单回家，以为母亲该高兴了。可是她还是说，她没有一天高兴的日子。作为那么小的孩子，我实在不知道该怎么做了。我就是在这样的家庭环境和母爱中，慢慢长大，奇迹般没患精神疾病。小小肩膀扛着重担，小小心灵划着伤痕。幸亏抗日的环境、进步的书籍给了我力量，我不甘于沉沦，不甘于被吞噬，我迫切地寻找光明与出路。刚入中大时，曾经有人说过：为什么湘玫的眼神里总带着淡淡的哀愁。我这才意识到，眼神是骗不了人的。这种哀愁，也浑不是想去掉就能去掉的。

4

原来我不喜欢爱打扮的女孩子，不喜欢学习不好的女孩子，尤其反感她们成天打毛衣、卷头发。一次谈起这个话题，L大声反驳我：她们是群众！没有了群众，我们算什么？这话对我起了振聋发聩的作用。自此我注意身边这些爱美爱玩儿的女孩子，发现她们的优点，向她们学习一些东西。很快，我和小胖的房间里多了一些打毛衣、卷头发的来客。我们通过谈心消

十七岁照。1946年摄于广州。是随黄宁婴夫人（娴姐）同去拍集体照时所摄的单人照。可见毛烘烘的两条辫子。拍照也不梳理。

除了隔阂，也通过活动增进了友谊。比如她们开始觉得我好接近，体谅人。而且心太善，容易受人欺负。外文系漂亮的女孩子多，我诚心地欣赏她们的漂亮，她们也诚恳地反过来赞美我。我说从来没觉得自己好看，她们说：你就是没觉得自己漂亮，所以才最漂亮。我们在一起也玩儿一些女孩子隐秘的游戏，她们教给我：若想知道你将来的伴侣是谁，可在子夜十二点，独自对着镜子凝视，他就会在镜中出现。这个游戏勾起了我们大多数女孩子的兴趣，都跃跃欲试。难在要等子夜十二点，又得独自一人，只好约定各自回家做。我原来也想试试，但回家太忙，就搁下了。而且夜半独自对着镜子等待一个影像出现，也觉害怕。但我心里是高兴的，一个女孩子教你这种游戏，说明她真没把你当外人了。

旧历十一月十五快到了。母亲告诉我，那一晚的月亮比中秋节的还圆，而且位置最正。午夜十二时，人若站在月光下，月亮正在你的头顶，你便看不到自己的影子。俗称“月当头”。我听了觉得有意思，便回校和当时新转来的同学X说了（她后来是我的上线），何不组织女同学们那晚到楼顶的天台去看“月当头”。这个提议果然得到热烈的响应。十一月十五到了，我们几个女同学提前到天台等大家，只见谁也怕迟到，不到十二点，天台上就衣香鬓影，燕语莺声地一派欢笑。大家都冲了凉，身上散发着好闻的香皂味儿。天上一轮皓月，晶莹的月色把天台照得通亮，把这群少女照得比白天还美，彼此的淡妆和发型都清晰可见。有人看表，指针指向十二点整！一声令下，大家都原地站好站直了，笑着察看自己有没有月当头。不过自己不好察看，因为弯腰侧身都会出现影子。有的同学开始俩俩互看，我干脆站出来，为每一个同学察看。果然不差，都基本没有影子。我宣布一个，大家欢呼一阵。外文系一位靓女脑子快，她大声提醒我：湘玟，快点，你自己！也有人醒过腔来：是呀，你自己站直了！过一会儿月亮不在当头，你就没有月当头了。我笑说：没关系，大家有了我肯定也有了。

不久，包括X在内的几位女同学找到我们商量，同学们当时最大的困难是吃饭问题，每天买菜做饭，占的时间太多，而且也影响宿舍走廊的观瞻。建议起草一份告全体女同学的大字报，提出组织起来，自己办膳堂。大字报贴出后，全体女同学都签名拥护。这是党组织通过办实事团结广大同学的方略。与此同时，男同学们也纷纷以院系或宿舍楼区为单位办起了膳堂。女生膳堂第

生日照。1949 年 5 月拍于广州凌烟阁，与毕业照同时拍摄。我正好是五月生日。师傅为我拍了两款便装照，一张正面，一张侧面。

一任总务干事选的是我。自此，我每天早晨拿着钥匙，领着当天值班的厨师，打开仓库门，量米称柴。我每天负责每个同学的停膳、开膳，你何时回家，可以“停膳”不算钱，何时回来，可以登记准时为你“开膳”。我负责每月收取每人的膳费，待月底算清账目，计算停膳几天，退回多少钱。这是一份非常繁琐的工作，需要十二分的细心和耐心。我每天兢兢业业地做着，房间里挤满了来停膳、开膳的同学。小胖初时骂我：你自己的饭钱都管不好，都是我替你管着。那么多人的伙食账你能管好吗？我笑说：下决心管好就能管好。我拿出十二分的努力和耐心，加上为妈妈管账的经验，一个月下来，不仅管得井井有条，而且认识了参加膳堂的所有同学，约占全部女同学的三分之一强（走读或课时比较少的同学没参加膳堂）。同学们解除了自己做饭的劳累，省钱省力，吃的也不错，都比较满意。

很快，膳堂就成了团结大家的纽带。有什么活动，以膳堂的名义发出号召，很快就能发动起来。加上我的熟人多了，通知一声，就可以把大家召集起来。我记得那年纪念“三八妇女节”的演出是以膳堂的名义发起的。我赶写了独幕剧《路》，题材取自大家最关心的毕业后的出路问题，因此很受欢迎。我也尝试了一次自编、自导、自演。

至此，我真真体会到“没有群众，我们算什么？”有了群众，什么也好办。工作中，进步同学大都积极热情，忘我地工作。她们在1947年春爱国民主协会成立后，都被吸收为爱协会员。1947年秋，大部加入了共产党，成为学运的骨干。

我遵循着当时能接触到的学习材料，如《党员自我修养》《整风文献》等的教导，真心实意地和大家团结在一起，战斗在一起。从来不高看自己，从来不小看别人，并且注意向大家学习。觉得自己能融入群众之中，让大家把你当自己人真是非常幸福。解放前，有两位女同学出国了，由于长期和国内隔绝，听到不少负面宣传，一直拒绝和国内的同学联系，出国的同学找上门也不见。但2002年我赴美时，她们接到我的电话都非常欣喜，马上约见，请我在美国的中国餐馆“饮茶”，亲热一如当年。我不做宣传，但谈到国内的情况时，有一位说：湘玟，你说的我信。

5

1946年的圣诞节到了。就在全国的大城市都充满节日狂欢的圣诞前夕，北平东单发生了北大女同学被美军强奸的惨剧，激起了全国各大城市青年学子的义愤，纷纷举行了“反对美军暴行”的示威。中山大学的同学也积极响应。我白天忙于“反对美军暴行”大游行的准备工作，负责起草传单，负责动员女同学们参加；晚上却要忙于做一个人的思想工作。这个人是法律系的高材生G。他也是南燕剧社的，《还乡泪》中好像演过饭店的跑堂。这时他是大游行的主要负责人，筹委会主席。这一次“学运领袖”的产生，是同学们选举的。G自己也很意外。我知道他父亲早年赴美，遗弃了他的母亲（母亲曾上过艺专，是徐悲鸿的学生）。他平日埋头读书，一心早日毕业，当律师，养活母亲和妹妹。因此他和一般进步同学不同，对是否正式毕业，是否拿到毕业文凭是非常重视的。他此前正式地对我表示过好感，被我正式地婉言拒绝了。没想到他被选上主席的当天晚上就找我来了。我感觉他这时并无组织联系，心中没底，想得到一些支持，便热诚地接待了他。没想他以后每晚忙完工作就跑女生宿舍来了。我尽可能地给一些鼓励帮助。直到有一次他带来特务给他的一封恐吓信，信封里有一颗子弹，我意识到情况严重，马上向我的上线汇报了（这时的上线还是非正式的，只是作为最信任的同学有事找她商量而已）。上线知道这个情况后，正式把支持帮助G的任务交给了我。我提出不妥，并坦言接近多了，会使关系变得尴尬。但这位上线说：他学习好，有正义感，在同学中有威信。大家选上他了。但是他有家庭顾虑，缺乏斗争锻炼，是不是经得住恐吓或者更为残酷的考验？他最听你的话，帮助他挺住就是你的任务了。我只好接过任务。

这时，我已是二年级。宿舍分到了三楼317房（学校当局已为每个房间装上了门）。同室的室友是外文系二年级的高材生小胖，大名谢琼龄，江西人，和H、L是老乡。她一张白白胖胖的圆脸，一双睫毛长长的往上吊的俊眼，两颗洁白的小虎牙，两条黑黑的长辫子，很是可爱。她不多话，更不多事。虽不演戏，但没人提词时，L便把她叫去提词。这样一来，她也算是南燕的成员，和G自然也很熟。因此每晚G来，她自管自地捧读她的大部头外语书，根本不理会我们谈些什么。

广州的“反对美军暴行大巡行”是1947年1月7日举行的。清晨，队伍在中山铜像前集合。女生队伍排在前面，举横幅的任务不知怎地便落在了我身上。我想一来是因为我个子高；再说我自己也认为，不少女同学是我发动来的，如果有危险，我也应该挡在她们前面。队伍从石牌出发了，经沙河到市区，浩浩荡荡，引来许多围观的市民。我们一边游行，一边向他们发传单，做口头宣传。队伍来到沙面，这是我们的目的地，我们的任务就是向驻沙面美国领事馆提交抗议书。但队伍抵达沙面西桥，便看到荷枪实弹的宪兵已在桥头把守得严严实实。我们交涉无效，只好转向东桥。东桥的阵势更为严峻：宽阔的桥头拦上了鹿寨（铁丝

1947年1月7日，广州学生举行“抗议美军暴行示威大巡行”。图为国立中山大学的队伍。右侧手擎横幅的是湘玟。与此相同的照片（不是这一张）展于广东省革命历史博物馆。

网），宪兵们不但荷枪实弹，还架起了机枪把守。队伍只好停下，一面派人交涉，一面由同学们自发地向军警做工作。我流着泪向一位宪兵说：你有兄弟姐妹，假如被奸污的是你的姐妹，你能容忍吗？看到我的眼泪，几位宪兵都动容了，被问的那位低头向我说：小姐，我们是奉上峰的命令，没有法子。在众多同学的慷慨陈词后，他们的枪口都垂下了，但是他们无权为我们放行。正在僵持中，文学院的湖南同学周岳森奋起上前，高呼道：同学们，沙面是我们的，是中国人的，为什么不让我们进去？我是父母的独生子，假如他们敢开枪，我保证第一个倒在同学们面前！他一面高呼着：同学们冲啊！一面搬开拦路的鹿寨，带头冲进东桥。我和另一位同扛横幅的女同学，也紧随着冲入东桥。很快，队伍全部进入了东桥。这时群情不光是激愤，还混和着胜利的欢快。同学们自动整理好队伍，边喊着“美国佬，滚回去！”，边向美领馆进发。再说美领馆的人员先是有恃无恐，以为队伍进不了沙面，大开着门看热闹。这时眼看游行队伍以加倍的愤怒朝领馆快步走来，他们害怕了，忙一个个溜回去，紧掩大门。我走在队伍前面，还来得及看到最后一个溜进大门的家伙忙着关门的丑态。我们的代表拍门半天，才哆哆嗦嗦出来一个人半开着门接过抗议信，又忙不迭地紧关大门躲了，连我们的严正声明大概也没听全。我们全体同学在美领馆门前高呼英语口号，“美国佬，滚回去！”声震沙面。然后才秩序井然地在沙面游行半圈，从西桥撤离。

大家记得，我的家就在沙面肇和路39号，靠近西桥。队伍路过时，我和大家一道喊着口号，根本没想到看家一眼。

后来知道，在东桥的机枪瞄准下，有的同学散开了（原谅我不说逃跑了），甚至有一位领队者躲进了路边的店铺。千真万确，这是他自己告诉我的。我肯定他把那一刹那的怯懦说出来的勇气，也感谢他对我如此信任，并因为他终于能勇敢面对自己的内心而一直没把这事告诉任何人。

游行结束后，我在组织的同意下，马上通知G转移。他住到了一位医学院的老乡宿舍中。医学院的宿舍在市内，远离石牌，很隐蔽，应该也很安全。几天后，校方发出布告，开除10名同学，G赫然名列榜首。上线让我负责把这个消息告诉G。

医学院的宿舍在解放前的富人区东山，院子虽小，但红砖的洋楼掩映在绿色的芭蕉丛里，很幽静。隔着玻璃窗，我看到G坐在书桌前的椅子上。我敲门进入，他没起身，甚至没转过身来，不等我开口，便说：知道你为什么来了。我简单地安慰他几句，他表现得很平静，我觉得说什么都是多余的了。然后话题迅速转入他撤退的问题，他对组织的安排也没有意见，看来他早有思想准备。倒是我心情一直有点沉重：运动从开始到现在不到一个月，以他原来的思想准备，那么短时间内要接受目前的后果是不太容易的。我深知他的内心并不如表现得那么坚强，可是也理解他正在努力坚强起来。六十八年后，我要郑重地写下：G，在反对美军暴行的运动中，经受住了开除学籍、丢掉文凭的考验，也经受住了特务威胁、机枪瞄准的考验。以他的才能与智慧，在党的引导下，胜利地完成了领导这一场运动的任务。

上线通知我，G撤退的问题由我负责，离穗的前一晚住到我家中，次日凌晨乘花尾渡赴港。我理解，这因为我家离码头近，而且比较安全。此前我已接受过两次“送人”的任务（其中一次是护送L经港赴解放区，但后来他经由另一条路线走了），每次组织出主意都让告诉家里是准男友。幸亏那两次都没送成，否则母亲会质疑为什么有那么多准男友，而且都是往香港“送”的。再说这一次我先是缓缓地跟母亲说，有那么一位品学兼优的男同学寒假回家，正好让他上船前到我家住一晚，让母亲看看，是否可以考虑。母亲当然很感兴趣，因为这是我第一次提及这样的关系。她热情地让保姆珍姐把客床铺到楼上的小客厅，又告诉晚饭加两个菜。下午G来了，他形容有点憔悴，加上有点拘束，我看出母亲给的分数不会太高；大弟弟又很调皮，老是围着客人闹。饭后我上母亲房间说事，母亲摇摇头说：“我看是你对他好，他对你不怎么样。吃饭时老是你给他夹菜，他一点也没关心你。”我笑说：“正好我也没看上他。就这样送走吧。”母亲也笑了，说：“人倒是长得很清秀。”

第二天凌晨珍姐为G做了一碗荷包蛋，我看着他吃了，送他到大门口，珍重道别。回到客厅，见他刚吃完荷包蛋的碗还冒着热气。我叹了一口气，上到二楼，伏案给他写信。那是告诉他，我和他只能是很好的同学加战友的情谊，实在无法再前进一步。大家会记得，他的表白，本来运动前我已拒绝得很明确。可是运动中让我和他单线联系，关系拉近了，给了他一些接近的机会，也可能给了他一些不该有的希冀。真的很抱歉，十分对不起。这封信是寄到Y处请她转交的。现在想来，我当时还不到十八周岁。但我已经很明白，不能让G带着一个误解离开，何况他当时正经受着失去学籍、失去毕业文凭的打击。当然，原来没有更早地说得很决绝，是担心他在运动中情绪受到影响。这是和我的上线商量决定的。可是现在呢？现在就比那时的时机更好吗？我反复责问自己，第一次感到那么深的自责。G在港逗留不久，选择了返回上海工作。他在全国解放前和复旦大学一位女同学恋爱结婚，1952年左右入党，在法律和语文典籍的编纂、出版、写作以及教书育人方面成绩斐然。最令我安慰的是我们重逢后依然保持了良好的同学加战友的关系（详情可参阅拙著《众里寻她》的《怀文澜》《探光宇》等篇）。不像个别当时看来资历老、入党早的进步同学，求爱遭到拒绝后便耿耿于怀，有的甚至把我的拒绝看成是改造不好的表现。不要责怪我在此占用篇幅数说这些，因为那个年代的拉虎皮做大旗更为可怕。尤其在单线联系的情况下，一句“家庭出身不好”便可把一位弱女子打入另册，至少影响她的进步、入党和使用。时间的长度视运气而定，短则一个历史阶段，长则无期甚至是终身！

记得是运动后不久，有人给了我一套游行的照片，有几张正好是我打大旗的。我也没太在意，没去想过主要拍了谁的问题，更没想到会以历史文物的意义留存下来。只在解放后的1960年，在我和汪洋离婚的问题上，部队组织深入调查我的历史，这些照片又成了证明我光辉历史的材料时，我才知道它们已经被陈列在广东省革命历史博物馆的展厅里。我想，这是我们那一代革命同学的光荣。拍到我只是一个偶然的选择。

6

1947年1月，我参加了Y的姐姐Z的婚礼。前边我说过，我是Y姐妹忠实的追随者，一直盼望有姐姐的我，一旦自以为遇到了“姐姐”，那份自作多情便有点不可理喻了。当时Y已撤退赴港，Z独自留校学习，我便一厢情愿地担负起“保护”Z的义务，例如她如果和某异性过于亲昵，我就会认真地劝她自重，因为她已有未婚夫，而且马上要结婚了。

她的婚礼定在沙面的胜利大厦举行，离我家只有几步之遥。我记得那是个下午，我早早到达陪她化妆、着装。我听从母亲意见自己也化了淡妆，把长发用火钳卷成一条条圆筒，穿了一件黑地红绿花纹的衬绒旗袍，当来宾中南燕剧社的男同学看到我时，都大吃一惊，以为不是我了。不过一众人等认为很惊艳，很出众。我自然无心听这些，只一味为Z担心。我从小看到的婚姻大都不幸福，加上无知的害怕，更令我心有戚戚焉。婚礼落成后，Z换装与新郎前往西堤的新亚酒店入住，临走握住我的手说：我害怕。我心大痛，忙安慰她说：我明天去看你。一宿无话，我一心牵挂着这位姐姐，起了个大早，六点前就赶到新亚酒店，敲响了Z夫妇的房门。

请允许我暂停上面的记叙，先介绍新郎F。他是我认为最适合Z的新郎。比新娘大两岁，广西大学电机工程系的高材生。毕业后供职于驻昆明的美国新闻处，月薪丰厚，家世清白，家庭人员简单。为人端方诚恳，无不良嗜好。外貌和Z也很般配。除了Y对他的不满：思想不够进步，没有追求，不是共产党员之外，真没什么可挑剔的。但是，Z本人也声称只是共产党的同路人，自己也并非党员。至于在学校过从较密的其他人，不但条件不如F，而且人家也无意和她有进一步的关系。

我咚咚地敲响新亚酒店的房门之后，开门的竟是Z的婆婆，F的妈妈。原来老人家只此独子，不但从老家赶来参加婚礼，而且和新婚夫妇一道住进了新亚酒店的婚房。再说老人原是一脸的不高兴，一看是我，虽然并未转成高兴，但还是把我让进了套房中的客厅。原来此前她在准儿媳处见到我时，就非常喜欢我（惭愧！我向来招老年人和孩子们的喜欢）。可笑我一点也没想到自己的行为有什么不妥，心安理得地坐下后，便问：Z还好吗？幸亏此时新婚夫妇走出了他们充作新房的卧室，我上前一把攥住Z的手，满以为她会像昨天那样低声和我说一句体己话，可是没有！往下我就不细说了，虽然我并不知道自己有何错失，但也觉出自己已是多余的人。我说：我就是惦记你，你好我就放心了。我走了。这时倒是F诚恳地挽留我：周小姐别走，我们一道喝早茶去。见他说得诚恳，我便没心没肺地跟随他们去了长堤的爱群大厦。席间但见新婚夫妇亲昵，Z对我已完全不像昨天。我才隐隐地觉出自己可能做了蠢事。以后再见面时，Z明白无误地告诉我：F的妈妈说，假如来人不是周小姐，我会用扫把把她拍出去！原来全中国也没有一例在别人新婚的第一天清晨去闯新房的。

F过完婚假就回昆明了。我当时正好在寒假中，怕Z难过，便到她家陪她住了几晚。她似乎没把我“晨闯新亚酒店”当回事，我自己也早忘怀了。之后她就辍学去了昆明。待到1949年10月她回香港时，已是两个孩子的妈妈。现在想来，她这个“同路人”不含糊，楞把丈夫从昆明带回到香港“支援”革命。她这是实际行动，不是口号。F的技术很好，有一家德国公司高薪聘请他，他都拒绝了。一心进入中资公司供职，拿低于德国公司薪水好几倍的工资度日，抚养五个子女，包括一个弱智的女儿。生活不说窘迫，起码也够清寒的。Z自己则在一所进步中学教书，工资也低于其他民办的学校，更遑论赶上香港官办学校的待遇了。

即使这样，我平日也听惯了Y背地里对他姐姐、姐夫不够进步的埋怨。这让人感到姐妹俩真是一个在上面，另一个在下面。（我不好说一个在天上，一个在地下。）最初我是相信她说的一切的，但有一件事让我改变了看法。

改革开放后，国家开始提出归还占用的境外私人房产。沙面房屋属于应该归还之列。母亲问我能否代办此事。我第一次拒绝了，因为我思想中还有“左”的残余，认为由我去向国家取回母亲的房产不合适。我自己是国家的人，母亲买的又是“敌产”。这件事就这么搁浅下来。母亲自己办不了，她所认定的房产授予人……我的小弟弟又远在美国，不熟悉国内情况，更没条件守在广州，旷日持久地去办这件事情。随着境外同胞纷纷回国收回房产，我也开始重新考虑此事。觉得这是一件既符合国家政策，又利于团结境外同胞的好事。1981年我罹患乳腺癌，面临疾病生死的关头，我下决心为母亲去办理此事。向母亲郑重承诺的同时，我出具了一份书面文件，声明做成后我不要此房产的一草一木。以后漫长的十三年中，我七下广州，八方求人，久久无功，那真是一个比蜕皮还痛苦，比乱麻还难解的过程啊。话收回来，先说和Y姐妹有关的事吧。几进几出房产局之后，才知道要我们首先出具一个证明（不知道为什么早不说），证明我母亲确系当年该房产的购房人。这件事倒比较容易，Y就是最好的证明人。第一，她的父亲就是当年经手卖房给我们的敌产管理局一位处长；第二，她对这件事再清楚不过，她心思缜密，且曾多次嘀咕，我们没给她父亲送钱。我一向不曾往坏里想过她。但在我准备找她时，直觉告诉我，她不会做这件事。房产局按国家政策把房产归还当年的购房人，她又是一位对这事最清楚不过的证明人，她凭什么不给证明呢？不幸，我的直觉是对的，果然我刚一开口，她就支支吾吾地以革命的名义说了一些革命的言辞，我听不明白话语，但明白她的心思，她推掉了，她不给证明。不证明就取不回房产呀。对，我这才明白，她的内心深处，就是不想让你取回房产！

假如没有这个证明，这套房产就取不回来了。只能眼睁睁地看着那房子里挤着的22户人家，无法迁入需要退房才能获得的新居，眼睁睁地看着属于自己的房子而取不回来，而且这一切对国家也并无丝毫好处，反而在国际上赚个骂名。

1984年我赴港探亲，在离港的前一日，我约了Z去她家。我事先写好了一份证明文件，证明我母亲是当年的购房人。见面之后，彼此都很高兴。我高兴的同时，心中也有点不安：太对不起了，由于你的妹妹心机太深，灵魂太不洁净，我今天的来访也不得不使了心计。她留我吃饭，饭后将要告辞，我提出了请她证明一事。她毫不犹豫地说：没问题，这事我知道。（我心想：你哪有你妹妹知道啊！）她跟着又说：怎么写呀？我忙说：我写了个稿。我明天就回北京了，时间太紧。心地坦然的她说：你有稿子，那太好了。我打开写好的证明信念一遍给她听，问她：是这样吧？她说：没错。我说：那好，你也不用再抄了，就在这儿签名吧，写下你的身份证号码。一分钟之内，一切齐备。我马上起身告辞。为什么？因为假如这时她妹妹来电话，知道此事，事情就有变数。Y太精明了！而且她的姐姐一定会听她的。第二天我离开香港，但不是直飞北京，而是先到广州，而且是第一时间到房产局递交了这来之不易的证明书。收回沙面房产的艰辛之旅终于可以“立案”启动了！

我明白了：革命的经历，党员的称号，高官的职级，加在一起，也不一定等于好人品和高尚的人格。我在Y的身上没找到的，在她姐姐和姐夫这一对普通的夫妇身上找到了。姐夫F的态度和姐姐一样，和所有的好人一样，对我家取回房产一事，首先是心地坦然，然后是乐观其成。

2000年1月，澳门的中山大学同学会举行环球中大同学庆祝澳门回归大会，我作为北京中大校友代表团副团长带队前往澳门。Y从广州赶来看我，Z夫妇也从香港赶来看我。这是我原来没想到的。她们姐妹俩同时慨叹说：我们都马不停蹄地赶来了，湘玟，你的魔力（粤语口语好像不用“魅力”）有多大啊！这时Y又说：湘玟对我们家是有恩的。我知道她说的也是实话。1961年，部队组织强迫汪洋和我离婚时，我身处绝境，但她们的母亲从香港来京看病，每次都是我从她家宿舍三楼背老人家上下楼，到医院后，看病检查又得上下楼，也是我背着。那时三年困难，我也吃不饱，加上精神受到摧残，人也变得瘦弱无力，可是我一直这么背着。但我从来也没觉得这算什么。我所以写这段，是因为这是我和F最后一次的见面了。我想写写F。在极善辞令的姐妹俩面前，一般他都没有什么发言的机会。他厚道地听我们说，微笑地为我们拍照。轮到我和北海小合唱队上台表演了（主打歌是由我作词、何方同志作曲的《你是莲花，你是凤凰》)，他赶忙拿起相机，为我们拍下不少精彩的演出照。大家坐下喝茶时，我默默地望着他，这个原来油光水滑有点小生范儿，可现在发了胖、鬓边添了白发、背也有点微驼的F，他从来没向领导和官方表过衷心，这么多年来，可能连党员也不是。但是，他将自己的一生，连同一身的技术，都默默奉献给了这个国家。工资低廉，退休金也极少。漫长的几十年中，在香港这个有相对自由选择职业的繁华地，他没想过跳槽，也没想过兼职拿外快。我不敢说他一直无怨无悔，但他从来没表示过悔意却是事实。而且事实上是一生坚守下来了。你还埋怨他不是党员，不追求进步吗？他，不光是他自己，他那一代中国知识分子大都有着和他一样的操守，一样的不怎么样的命运。我心中泛起了敬意。

可这是我最后一次见他了。我庆幸在这一次读懂了他的一生。

以前和Z谈天时，她曾说到来生，还说如果来生F来找她时，她一定躲到大树后面，不让他找着。我希望这是玩笑话。

7

1947年春，全国各大城市学生掀起了“反饥饿、反内战、反迫害”的斗争。为了迎接运动高潮的到来，中大经过全校大会选举产生了国立中山大学“反饥饿、反内战、反迫害”工作委员会，我是45名工委中的一员，负责宣传工作。工委会的常务组相当于领导小组，由三位同学组成，我记得名字的有张承衮与何锡全，另一位记不准确了。何锡全是当时中大地下党的领导，这是第一次在运动的领导层露脸。他的上线是胡泽群同志。

记忆中从反对美军暴行的运动开始，我绷紧的弦一直没放松过。先是抗议学校当局开除10位同学的罢课斗争，然后就是为下一个运动做准备，我几乎每晚都得熬夜。为了团结更多的同学，我们组织了晨呼队，早上天刚亮就去女生宿舍的每个房间敲门，呼唤她们起床参加晨练，或者是参加大合唱的排练。再就是利用晚上时间，走访一些同学，动员他（她）们参加到

1947年与同班同学摄于学校大门前。母校的校址是开放式的，幅员辽阔，没有围墙，不设收发室和门岗。和斯坦福、普林斯顿等大学一样。

运动中来。这些同学大都是品学兼优又不愿过问政治的。但他们的这种“政治态度”，会直接影响到周围同学的态度。他们如果参加了，也就会带动周围的一大批同学参加。这样的工作我做得比较多，效果也比较好。有一位中文系的男同学，入学后潜心学习，拒绝参加这些活动。在自己宿舍的门上挂了一方牌子“零斋”。据他自己的回忆文章（我自己不记得了），游行的前一晚，我上他的宿舍去了，看到他墙上贴的电影《出水芙蓉》的海报，和他谈论了一番女主角爱丝德·威廉斯的泳技和演技。然后谈到内战带给人民的痛苦，当局加给爱国学生和进步人士的迫害。谈心的结果是，第二天他毅然走出了他的书斋——零斋，参加了“五·卅一”大游行。而且此后成了爱国民主运动的积极分子。再后来，80年代他做了一任广州市民的父母官——广州市长，官声不错。公余写诗、练字，尤工对联，我们又成了好诗友。这是后话不提。

由于熬夜和疲劳，我的嗓子一直沙哑着。但那时不懂该怎么医治。我记得病急乱投医，尝试过喝一种阴阳水。方法是准备一杯水，把一块烧红的木炭投入水中，然后迅速地一口气喝下去。据说这个偏方是很灵的，但不知为什么我喝了却毫无效果。幸好精神一直保持亢奋，也不觉得疲劳。

这时候，广泛而切实的群众工作显出了成效，团结在工委会周围的群众越来越多。有一个晚上，45名工委都集中在文学院的三楼会议室开会，突然纠察队的同学来报告，三辆国民党军车开到了石牌附近，有进入石牌的迹象。空气一下子紧张起来，几位常委领导正在小声商议对策，突然听到远处传来隐隐的“锣”声。声音越来越大，有的工委已经判断出“是敲脸盆的声音！”“是同学们在敲脸盆示警！”这时纠察队的同学气喘吁吁跑来报告：“听到消息，同学们都自动集合起来，鸣锣报警！”然后又笑着更正：“哪有锣，是敲脸盆！”工委们互相传递着感动的眼神，正想商议下一步对策，只听到一阵阵口号声夹杂着“锣声”由远而近，如春雷般隆隆地向文学院涌来。这时大家不用命令，都一起涌到阳台上迎接石牌之夜的“春雷”。哇呀！工委们都被眼前的景象惊呆了，只见两条闪着银光的队伍，浩浩荡荡，正从文学院的两条坡道上涌来。银光是大家手中的手电，他们一边晃着手电，一边呼着口号，一边敲着脸盆，还夹杂着木屐踏在柏油路上的“哒哒”声。原来男同学们大都是睡下后惊醒的，来不及穿鞋，趿着木屐就跑出来了。队伍礼貌地停在文学院楼下的广场，“誓死保卫工委会！”“工委会永远和我们在一起！”的口号声响彻夜空。这时纠察队的同学来转达同学们的要求：他们要上楼来亲眼看看自己的工委们是否安全。我们齐声表示欢迎。很快大家选出的代表便跑上楼来了，无论是男同学或女同学，都热烈地和工委们握手甚至拥抱。须知那个年代即使是进步的年轻人也还不习惯拥抱，但我确实看到拥抱了。几位女同学把我团团围住，告诉我她们是听说国民党军车抓人才赶来“与工委会共存亡”的。这时突然有人笑了起来，原来有一位男同学匆忙起床赶来，不单是趿着木屐，而且只穿着四角内裤。在黑夜的队伍中谁也没在意，但在会议室的灯光下却羞得不行了。大家哈哈笑着，半推半拥着送他们下楼，然后在阳台上向广场的大队伍喊出我们的心声：“工委会永远和同学们在一起！”“团结就是力量！”“向同学们致敬！”我不顾嗓子嘶哑，也大声呼着口号，心里想的是：“为了斗争的胜利，为了大家，我愿意含笑去死！”

后来知道，确实有三辆军车开到了石牌。但在广大队伍“示威游行”的当儿，又悄悄开走了。他们最初的来意我们不得而知，但来者不善是肯定的。来了什么也没敢干，肯定是全体同学团结斗争的胜利！

工委会早就决定，游行前要给全体同学一台文艺节目。大的节目如话剧是来不及了。因此除了大合唱以外，大都是小节目。有六位女同学的舞蹈《青春舞曲》，有歌唱剧《小兔儿乖乖》等。这两个节目我都参演了。当时不是谁好谁上的问题，而是谁敢谁上。当然敢的人多了，也还是有选优的问题。我想的是，时间仓促，但节目的质量不能将就。我对每一个舞姿，每一句台词都有严格要求。

原定的游行日期是6月2日。但5月30日这一天，广州地下市委书记钟明同志来了指示：为了减少可以减少的牺牲，打敌人一个措手不及，游行决定提前在5月31日举行。我作为爱协会员（地下党的外围组织爱国民主协会成立于1947年3月29日，我大概是第一批加入的）是当天下午听到传达的。感到庆幸的是晚会文艺节目已大体立得起来，剩下的是精雕细琢的问题。下午再排练一遍，就差堪呈献给全体同学了。

5月30日下午到演出前这一时段，一切准备工作都在密锣紧鼓地进行。尤其是严密封锁消息，不能让三青团和特务学生知道游行提前了。要求下达后，工学院的同学马上把石牌仅有的一辆校车控制起来，把电话线剪断，掐断了特务向市内通风报信的途径。有人提出，国民党某军长的儿子（法学院同学）有一辆军用吉普，他本人不是特务，但有可能被特务借去使用。于是有同学自告奋勇，在夜暗中把吉普的轮胎放了气。

夜幕降临了。晚会准时开演，地点在体育馆大礼堂。这一次的保卫工作特别严密，每个窗户都有身高体壮的男同学负责把守，大门和场内更不用说了。因此混进场内的特务学生根本不能乱说乱动。工委会常务理事上台致辞之后，第一个节目是大合唱，轮到《青春舞曲》，六位舞者翩跹出场，马上获得同学们的热烈欢迎。只见舞者裙服鲜艳，舞姿妙曼，加上《青春舞曲》又是大家耳熟能详的歌曲，因此赢得特别热烈的掌声。下场后我们六人相视而笑，说不出的高兴。这时有同学发现了问题，说：你们的服装那么漂亮，原来都是床单做的呀。我们听了，都哈哈大笑。我的独唱《月儿弯弯照九州》排在倒数第二个，原是考虑比较受欢迎的节目排在末尾，以便留住观众，宣布游行提前的消息。我一直忙着别的节目，都没顾上自己的化妆就要上场了。我记得服装就是日常那件淡紫色碎花中袖旗袍，辫子也没有好好梳理，就这样上台站到了同学们面前。胡琴响起了过门，我才猛然记起自己的嗓子还嘶哑着。但这时什么也不能想了，我只有用自己最深的情，最忘我的状态去给大家唱这首歌。我唱了，刚唱第一句，便听到了台下的掌声。掌声鼓励着我更忘我地唱出那个年代人们的苦难，当唱到“穷人的苦痛何时休”时，感情从悲凉转为激越，台下的掌声伴着叫好声更为热烈。一曲终了，同学们还大呼“Encore！”“再来一个！”这首改编的民谣在电影《一江春水向东流》里并不是主题歌，只是一首插曲，由并非剧中人物的祖孙俩在寒冬的夜晚，沿街卖唱。但由于电影深入人心，这首民谣又唱出了穷苦人民的苦难，因此深受国统区老百姓的欢迎。我们选对了歌，在对的场合，为对的听众歌唱，因此获得了极好的效果。在后台，我忽然想起来问一位同学：你听出我嗓子哑了吗？她摇摇头：你嗓子哑了吗？

最后的节目谢幕后，常务理事张承衮上台去向大家宣布了提前到“五·卅一”游行的决定。大家的心已紧紧联系在一起，也可能是大家感受到工委会在和特务们的斗争中，有勇有谋，值得信赖。总之，全体鼓掌通过：游行提前在明日（5月31日）举行。

忙完一切准备工作，已经过了午夜。我谢绝了男同学的陪送，独自一人走下文学院的坡路，经过伟人孙中山铜像，向女生宿舍走去。我长长出了一口气，享受着南国特有的夜晚的温凉，嗅着白天闻不到的泥土的芳香，听着看不见的水塘里聒噪的蛙鸣，啊，石牌特有的小油加利树，在晚上竟成了一排排剪影。说实话，这些都是70年后的我坐在电脑前“感觉”到的，而当时，我真的什么也没看，什么也没想，唯一担心的是回去太晚了，又得惊醒小胖。

上得女生宿舍的三楼，我轻轻推开317号房门。只见在台灯柔和的光线下，小胖裹着一幅红绫夹被，舒坦地闭目而睡。这个井井有条的女孩子，即使明天要去参加危险的游行，也没把她的生活打乱。这使我感到彼此的生活是多么不一样。然而这并未影响我们的友谊，无论是当时还是七十年后的今天。

我蹑脚走到自己的小书桌前，只听小胖带着睡意说道：回来了？这么晚？原来她有早睡的习惯，听完宣布提前游行就回来了。我说：刚完事。见她不搭腔，我又期盼地说：明早去啊？她回答得干脆：废话！我高兴地笑了。这是小胖的风格，她不会不去。这时小胖抬起头来说：小铁桶里有水，冲个凉快睡吧。我一看脸盆里泡的脏衣服已经不见，不用说，是小胖替我洗了。冲凉是再没时间了，我只用凉水轻轻擦了澡，换上睡衣。这时小胖已扭过头去，安然入睡。我替她熄了台灯，又把自己小桌上的台灯拧亮。浑身清爽以后，倒不觉困倦

湘玟与小胖（大名谢琼龄），1947年摄于石牌女生宿舍前。

了。还该做点什么呢？我静静地坐了一会儿，找出信笺，拔下笔套。

根据南京、北平、上海等地同学们游行的经验来估计，广州这次游行，当局肯定是不会轻易放过的。这个危险，我清楚地知道。因此，当我清醒地面对这种生命的危险时，反而感到一种“从容就义”的崇高的愉悦。

我想到，为了新中国的早日到来，怎么打乱了勤奋的学习生活，而去为同学们办膳堂，去管油、盐、柴、米和膳食账，怎么放弃了心爱的文学研究和创作，而来搞自己向来不懂的政治，怎样开始不但从思想上也从行动上反叛自己的家庭……母亲听到游行的危险性后，一次派二姑姑、一次派大妹妹来石牌接我回家，结果她们被我说服，回去搪塞了事。最后一次是母亲亲自来了，我只好躲在隔壁宿舍，由小胖去接待劝慰；隔着门窗，我听到母亲的哭声……没费多少思量，信笺上出现了如下的文字：

假如我牺牲了，请不要为我难过。我是为了自由幸福的新中国，为了正义的斗争而愉快地牺牲的。希望更多的同学起来继续斗争。

请转告我的妈妈和弟妹。

湘玟1947年5月31日凌晨三时　广州石牌

我把信笺折叠成方胜，压在小胖的大字典底下。我知道自己真有不测时，她会把它交到同学和母亲手中的。

这时，远处村庄传来了“五·卅一”黎明的第一遍鸡鸣。

我可能只眯着了一小会儿，便自己惊醒了。起床一看，小胖不见了。我急忙换了衣服，只见小胖提了一桶清水进来。她已经收拾得停停当当，一件阴丹士林蓝旗袍干干净净，腋下夹一条同样干净的手绢。我记得自己当天也是一件阴丹士林旗袍。梳洗后和小胖拉着手向孙中山铜像前跑去。我们到得比较早，只见工学院化工系的胡子在给大家分发小旗。这是工委会的决定：接受南京、上海等大城市的游行经验，除了大横幅以外，大家都只握小旗，不持大竹竿，以免落下口实，当遭到袭击时，被特务反诬我们是“和工人互殴”。素日关心我的几位上海兄长中，工学院电机系的大佬连日加夜班印传单，身体不适，坐上了租来的卡车，负责照管传单、标语、油墨等宣传用品。看到我，高兴地笑了笑。大佬能坐在车上，我也特别宽心。法学院法律系的小吴是纠察队长，他手持绿旗跑到我身边嘱咐道：“今天游行要特别提高警惕。我举着绿旗跑过，表示平安无事。手持黄旗，表示有情况，要加强戒备。手持红旗，就是危险的信号。”我忙说：知道了。你自己也要小心。他笑一笑，又跑向男同学的队伍嘱咐去了。

有人把今天的横幅送来了。他们很自然地交到我手中，我也很自然地接过。工委会商议决定，游行队伍仍然是女同学排在最前面，为的不给反动宣传找互殴的借口，因为女同学不会打架斗殴。说到打大旗，第一次反对美军暴行的游行，我手擎大旗还没有特别明确的责任感的话，那么，今天“反饥饿、反内战、反迫害”的游行，我确实清醒地意识到自己的责任：保护队伍中的女同学。因为她们大都是通过晨呼、排练节目以及比较深入的谈心团结过来的。还有不少是刚入校不久的新同学。不让她们受到伤害是我加给自己的头等重大的责任。

经过简短的誓师动员，队伍浩浩荡荡地出发了。进入市区后，小吴不断地从女同学队伍前手持黄旗跑过，低声报告：“平安无事！”后来知道：头天晚上，特务们知道游行提前到5月31日以后，顿时慌了手脚。尤其是发现电话线被剪断，唯一的一辆校车发动机又失灵了(是否想到过借某军长儿子的车，则不得而知)，他们更是无计可施，整夜无眠。一直熬到天蒙蒙亮，才跑着进城，找到正在饮早茶的特务头子报告。这时，游行队伍已经快进入市区了。他们匆匆忙忙地招来特务流氓冒充工人袭击学生，从组织上、部署上就失了先机。这是我们后来虽然受到伤害，但损失毕竟减少许多的原因。

再说队伍从海珠路拐出长堤，一位女同学笑着向我说：游行走了一大半了，该没事了吧？言犹未竟，只见从程璧光铜像后杀出来几十名身着黑胶绸短打的彪形大汉，手持碗口粗的大杠棒（后来知道，阴毒的特务还在杠棒里塞了铁条）向队伍冲来。30米，20米，我赶忙面向队伍，招呼大家散开。至今有一点我很难解释的，就是冲过来的特务并没扑向首当其冲的我们，而是和在我们身后的男同学队伍对打起来。估计是男同学们主动迎战，吸引了暴徒的注意，从而保护了女同学。迎战的男同学都异常英勇，但吃亏在手无寸铁，连一根粗一点儿的竹竿也没有。饶是这样，他们还抢过来特务的杠棒，追着特务反击。我这边正疏导女生队伍避入街边的店铺，忽然看到大佬被几位同学抬了过来，他脸色煞白，浑身血渍，伤得不轻。我忙招呼他们把大佬抬进一间叫泰兴（昌?）栏的山货铺。我紧握大佬的手，告诉他马上送他去医院。大佬告诉我，他是被一伙跳上车去的歹徒殴打的，他无力还手，也无法躲避，为此受了重伤。这时除了同学以外，店铺里的两位年轻的伙计主动过来帮着安置，表现出同情和正义感。但店铺的老板见状却想下逐客令，害怕特务寻仇，更怕打进店来砸毁店铺。我急忙向老板进行宣传，并告诉他，伤者是工科的高材生，家里有七十岁的老母等着他毕业赡养。我们游行只是因为反对吃不饱，反对受迫害。说着说着，我不禁落下泪来。看到老板的神色和缓一些，我忙主动提出：可否把伤者抬上楼去，既能让伤者安全一些，又免得让坏人看到店铺收容伤者。没等老板认可，两位伙计忙说：可以，好主意。协助我们的人把大佬抬上了二楼。安顿好以后，我急忙下楼，只见队伍有些涣散，但也发现敢于留下来的个个神情坚定，仿佛一时间成熟不少。男同学手中都握着夺自敌人的杠棒，准备再去追赶坏人，一位江西女同学也抡起杠棒，声言要替被打的同学报仇，他们随即被人拦住。很快，队伍再次形成，人数显然少了一些，却更为精干。总领队安抚了大家，告诉大家继续完成游行就是胜利。这时，队形有了变化。横排加宽了，队伍的两侧都由孔武有力的男同学手执杠棒护卫。不少男同学都有经过战斗的痕迹，身上或有血迹，或有油墨。我显然并未受伤，但不知为何阴丹士林旗袍上既有血迹，又有油墨。队伍一边行进，一边向广大市民控诉。更多的人用白粉在地上刷写标语。这时，队伍里在转述着不少同学英勇还击的故事：特务有武器，但并没勇气，三下两下就熊了，被我们追得四散躲藏。有一个戴拿破仑帽的凶徒，像是指挥者，原来藏在程璧光铜像后，被我们发现后便跳下吉普车逃跑。英勇的同学穷追不舍，那人露出本来面目，竟拔出手枪射击。

队伍一路游行，一路宣传，返回东山平山堂宣布游行胜利结束。工委们核点了受伤的人数，除了重伤者已由医学院的同学照顾，并送院治疗外，轻伤的也不少。不过大都无需住院。

我清点了女同学队伍的人数，表扬鼓励了坚持到最后的同学。我的上线X通知我，当局一定会实施大逮捕。许多人不能返校，返校的也不能再住在自己的宿舍。至于我，应该赶紧回家，决不能返校。何时可以复出活动，等她的通知。我本来准备和小胖一道返校的，也只好独自一人回家了。

我不怕游行，但害怕回家，害怕母亲的眼泪。东山通往沙面有直达的一号公共汽车。上得车来，因为衣服上的油墨和血迹，我不好坐下。这样就更引起乘客们好奇的目光。我只好默默忍受。可能从东山上车的乘客已经听说了今天游行学生挨打的情况，我觉得大家的目光中倒有同情的神色。

进入家中，母亲和保姆们正在为游行的事担心。一见我就围上来了。母亲一句责备的话也没有，只一个劲儿地问我伤着了没有。我止不住地哭了起来："学生有什么罪？他们派特务打我们，用那么粗的杠棒，里边还塞了铁条。大佬被打得吐血了，伤势危险，打伤的还有女同学……"听说伤了那么多人，大佬又是我经常向她说起的老大哥，母亲也哭了，说：他们也有妈妈呀，他们的妈妈该怎么办呀？我一见难关已过，母亲又那么富于正义感和同情心，便反过来安慰她：妈，不要紧，已经送医院留医了。我要洗个澡。母亲忙命珍姐给我烧洗澡水。那时的广州，即使是沙面，也还没有24小时冷热水，洗澡除了用桶冲凉以外，讲究点的便是自己烧热水，倒入一只椭圆形的木盆里泡洗。我进入浴室刚脱下衣服，母亲便在外敲门，我说：妈妈，我已经脱衣服了。母亲敲得更响了，带着哭声说：不行！你得开门，让妈妈看看他们打伤你哪儿了？我没办法，只好披上浴巾，把门打开。母亲一把抱住我，从我的肩胛、胸背开始，一直检查到大小腿，一边哭着说：妈妈把你当宝贝似的捧到十七岁（实际上我已于5月8日满了十八岁），身上可是一个疤也没有。这回是我忍不住真的哭了，把她轻轻推出门去，说：妈，我没骗你吧。我没受伤。

我不记得母亲给我做什么好吃的了，只记得我晚饭后倒头便睡。这一段太紧张、太疲倦，一旦神经松弛下来，便再也睡不够了。大概一直睡到第三天。如今七十年过去了，体弱多病的我，无论是在家或医院的病床上，最怀念的都是妈妈身边的小床。在母亲身边生病，不单是最安心的、最安全的，也是最幸福的。

第三天，我有点睡过来了。第一件惦记的事是大佬的伤势。母亲主动说：家里还有点冬虫夏草，给他炖一煲老鸭汤送去。我自是感谢不尽。临出门，母亲又给了我一沓钱，具体数目记不清了，大约相当于现在的1000元左右。我替大佬谢谢了她。到东山还是坐的一路公共汽车，那煲汤不但很沉，也很不好带，但我尽最大努力安全带到了。大佬很苍白，而且孱弱，但是已挺过了凶险期。他十分坚强，见我难过，倒不断地用上海普通话安慰我。大佬这次因为先是在卡车上挨打，无处闪避。接着又被拖下车继续踹打，并遭皮鞋踩踏胸部，因此落下很重的病根。解放后的条件也无法得到根治。1997年带病参加“五·卅一”五十周年纪念庆典后，同年秋冬，终于因重伤导致的外伤性肺心病离开了我们。离去的三年前，医生已给他下了“无法逆转”的诊断，只能一天天看着病情加重。他给我和上海的兄长们用毛笔写过一封长信，冷静、客观地从科学的角度向我们讲述病情，让大家有思想准备。并特别交代：小周不要难过。

8

提到几位上海兄长，尤其是大佬，我想加插一些记述。时空方面可能有些穿越，但人物和感情是连贯的。想来不会给读者带来困扰。

话说多少年后，我已年过花甲，身在北京的梦中。梦中我的窗外映出四张笑脸，恰恰是大佬、小吴、老蔡、老G四人，他们都笑吟吟的，似乎是招呼我去吃饭。我忙答应着，起身去迎他们。北京的四合院正房外都有廊子，他们是在廊子站着朝窗里招呼呢。待我从门里奔向廊子，他们都不见了。我也醒了，心里好一阵难过。我知道，我想他们了。

回到1948年的春节（我还不满十九岁），确实有过和我后来的梦境相似的情境。我的母亲提出来，上海几位同学在广州都没有家，请他们到家来过年吧（那时都叫过年）。母亲婚前在广州执信女中上学，受到一些欧风美雨的影响，有比较开通的一面，还有比较洋化的一面，这从她对我们的营养和穿着打扮上可见一斑。对我和男女同学的接触态度很开明，尤其对家不在广州的同学常有一些母性的关怀。我一听，当然高兴，连忙通知他们。他们也都高高兴兴地如约而来，也是四位：大佬、小吴、老蔡，不过没有老G，因为他在1947年的春节前被学校开除，离开了石牌。至于是上海哪一位同学递补上来，我也记不清了。母亲在正常的时候，是慈祥的、热情的。她做了许多好吃的湖南菜，如一品锅、米粉肉、醋汤鱼、雪花丸子等等。团年饭吃得很高兴，饭后还一道去后花园放鞭炮。磨盘大的两大挂鞭炮，从大榕树顶梢悬落地面。点燃后，满园的噼啪声，满园的金光闪灼，确实是把过年的欢乐推向了极致。从小听说鞭炮能驱邪，我平日不信，但每每这种时候我就信了。无他，那气势，那声浪，我觉得真能代表正义的威力。小吴还捡了不少散落的小鞭炮，出其不意地点一个吓唬我们。我们边躲边骂他，算是鞭炮辞岁的余兴。

大年初一，小吴提出要做几个上海菜回请伯母。母亲也欣然同意。母亲在上海住过，我和大妹妹都出生在上海（全家还在上海被特务抢过），对上海是有感情的。我记得那天是小吴掌勺，大佬打下手。午饭时，一桌丰盛的宴席便开筵了，色香味俱佳，连挑剔的母亲也赞不绝口。我最喜欢的是扬州狮子头和八宝饭。三十六年后的1984年，我出差上海，大佬、小吴等四位上海兄长为我过生日，做的就有狮子头和八宝饭。1994年，我六十五岁生辰，上海、北京两地相隔，四位上海兄长提出用电话为我祝寿。我说，我最小，哪能担当得起。大佬说：不管年龄大小，六十五岁也是大生日。我只得应承了。那一天早上，先是和洋兄到北海公园锻炼，然后他请我到大三元喝广东早茶，算是为我做生日。回到家来，电话铃声响了。果然是上海四位兄长来的。他们轮流在电话中向我拜寿，然后报上菜名，都做了些什么。我一听，竟都是我爱吃的，包括扬州狮子头和八宝饭。我不觉声音哽咽了，问：都是小吴做的吗？大佬抢着说：还有我呢。然后告诉我备的什么酒。我忍不住又哭又笑地说：菜，我吃了，酒，我也喝了。

还要回到1948年的春节。母亲订购了几张粤剧名伶的贺岁戏码票，平日是让我陪她去的，但这一次，不知是老蔡自告奋勇，还是我极力推荐，竟由老蔡替我陪护母亲去了。那时我眼界狭窄，除了话剧和电影以外，地方戏曲我都不懂得欣赏，尤其陪母亲去看加了电子流行音乐的粤剧，我更视为畏途。这次由老蔡代替，我自是高兴不已。老蔡酷爱戏剧，估计对粤剧也有兴趣，观赏中和母亲能有交流，总之母亲也很高兴。这一情节我本已不记得，但老蔡在一篇回忆文章中提及，我才记起。

大佬、老蔡都是1948年毕业，告别活动的详情我不记得了。只记得有一次大佬为大家拍照，我的一张单人照是坐在大佬的床头，一手托腮，支在床头柜上。照片不漂亮，但那神情我喜欢。另外，我保存了大佬的一帧照片，记住了他题在照片后面的一句话。这句话的前面大体是安慰和鼓励我的话语，因为那时我和X的关系紧张，我有点苦恼，有点委屈，但又不能把原委告诉任何人，连大佬也不能告诉。细心的大佬知道我有心事，写了前边那段话以外，最后一句是："有多少人在向往你美丽的灵魂。"在离别的五十年，加上永别的二十年中，我每次翻检照片，读到这句话，都会默然良久，静静地感受它那历久弥新的力量。

穿插了上海兄长们的故事，我会想起五位湖南大哥的许多情事。我1945年入学不久，参加了民主大游行。很快就听说以三青团为核心的一伙同学，要举行反苏大游行，口号是：要求苏军撤出旅顺大连，谴责苏军在东北强奸妇女、抢劫民财的罪行。明眼人谁都知道后者是污蔑，要害是针对进步同学的民主大游行而来。一天晚饭后，五位湖南大哥一起来找我，他们都守规矩，由女宿舍的工友阿三姐在楼下呼唤通报，自己都老老实实地在会客室等着。我下得楼来，只见他们都脸色凝重，由威信最高的刘二哥开口说：湘玟，我们刚从五座宿舍来，三青团的人正在那儿举行大会，说是要举行反苏大游行。而且有人提出，要来恭请周小姐参加。都说周小姐是正义的化身，你能带领同学们反美，必定也能带领同学们反苏。我一听就火了，说道：真卑鄙！刘二哥说：现在，他们马上要带领队伍到女宿舍来了，请你表态参加。我气愤地说：来就来！我正好当面告诉同学们真相，揭穿他们的阴谋！见我这样，几位大哥都七嘴八舌地说：使不得！他们都是些什么人！他们人多嘴多，一块儿围攻你，怎么下台！我说：我不怕！他们说：你还是避一避好！我说：避也没用。来就来吧。他们见我如此倔强，都坐着不动了。我笑说：几位大哥请回吧。我不会有事的。他们齐说：既是这样，我们陪你等。我说：走吧。他们说：我们怎么能放心！我只好转换话题，和他们说点别的，心里异常感动：他们五位都是一介书生，斯文儒雅，怎么能和横蛮强势的三青团对抗！冲突起来，他们只会挨打（三青团此前已有打人的纪录）。但我相信，他们绝对会把身子护着我，不让我挨打。终于快到熄灯的时间了。消息传来，三青团的大会已经散了，他们的队伍没有到女生宿舍来。没来的原因当时并不知情，现在也只能分析假定。第二天，他们果然组织了挺像样的一支队伍上街游行（那个阶段，不少同学还抱有正统思想，容易受蒙蔽），但是队伍里没有正义的化身周小姐。

五位大哥每年暑假都回湖南老家，寒假时间短，有时回，有时不回。有一年寒假过后，他们招呼我上八宿舍去，我知道肯定有好吃的家乡菜等着我了。果然，进得门来，一股冲鼻的香味儿扑面而来。两张书桌拼成的饭桌中央摆着一个大锅子，锅子里的肉食飘散着异香，汤汁正扑扑地翻滚着。我一看就馋了。坐下后大家开吃，锅子里是炖着的大块肉和萝卜。我正吃着，刘二哥介绍说：这狗肉很新鲜，多吃点儿。我一听顿时傻了，因为我怕狗又惜狗，而且绝对不吃狗肉。但是看到五位大哥都那么高兴，而且那天的菜只有一锅狗肉，我只好不动声色，继续大块地吃萝卜，不碰狗肉。男同学粗心，谁也没发现这个秘密，都以为我吃得欢着呢。

转眼1949年的春节到了。几位上海兄长大都毕业离校，母亲提出请我的五位湖南大哥来家过年。我自是非常高兴。大年三十下午，我到西桥去接他们，只见他们扛着两个大行李卷下了公共汽车。我正自不解，大哥们解释道：我们人多，怕你家被子不够。果然，幸亏他们带了被子，我们家的，加上他们自带的，虽说是广州的严冬季节，铺的盖的倒也厚实温暖，大家挤着也很亲热。大年三十晚上，全家都在二楼的小客厅守岁，落地大花瓶里插着一树梅花（桃花?），案上的大花瓶里供着一株吊钟花。过年买这两种花是广州人的习俗。花名吊钟，是因为花朵繁密，形似倒吊的小钟。又因为花名吊钟，所以钟姓的人家不能买它。母亲酷爱古诗词，和几位大哥很谈得来。谈着谈着，母亲要听我唱歌。母亲常让我给她唱歌。她自己就是我唱歌和舞蹈的启蒙老师。记得我才三岁左右，她教给我的一个小歌舞：

我饰小孩边舞边唱：

蝴蝶姑娘我问你/你的家住在哪里/

我饰蝴蝶边舞边唱：

我家住在百花丛里/百花开/请你到我家里来/

我在学校也常给同学们唱歌。我倒不怕唱歌。但两种歌是不一样的。我在校虽也唱一些抒情歌曲，但大都是明朗的、欢快的、催人奋进的。可母亲喜欢的却不同了。母亲含笑催我：唱一首《思乡曲》吧。我正犹豫着这种场合唱它不合适，大哥们却说：就唱《思乡曲》，我们都没听过呢。我只好开始唱了。这是一首将外国曲谱填入中文歌词的歌曲，抒发的是怀念故乡和父母兄弟姊妹的深情，母亲每当让我唱这首歌时，我就知道她在想念她的母亲和兄弟姐妹了。

我家在天之涯地之角/一望渺茫/叹此生飘零半世幸福/都消磨在异乡/看来世上/人情冷淡/无论到何方/我思念父母兄弟姊妹/睡梦中也难忘//（反复）

一曲方罢，满座的气氛都有点凝重。我只好再唱一首《红豆词》来调节气氛。唱完这首后好像又唱了

《阳关三叠》。这本来都是比较适合我的歌，平常演唱，听者无不动容。但这是大年三十呀，为什么唱的都是这么伤感的歌呢？不过这确实是我和湖南大哥们过的最后一个中国年了。暑假未到，我们1949届的同学便提前毕业，劳燕分飞了。三年后，我也从母亲身边飞走了。

再说过年以后，我和湖南大哥们石牌重聚，刘二哥和我说：湘玟，谁要知道你内心的苦，就要听你唱这样的歌。我一下愣住了，深感他比我自己更了解自己。

广州的春节！我最怀念的春节！花市绚丽的鲜花，户外寒而不冷的温润，香甜的年糕和煎堆，威慑力超强的鞭炮，这些凑在一起，都令广州的春节不但有色彩、有味道，而且有魅力。但在我有关广州春节的回忆中，最难忘的竟是这么一件小事：那是父亲还没找到工作的一个春节，节前几天，母亲让我陪她去买年货。也是两辆黄包车，母亲在前，我在后，驶向一条专卖海味干果的小街。春节前的阴冷，未到黄昏便亮起来的昏暗的灯火，急急忙忙赶路的人群，让我真切地体会到什么叫"急景残年"。小街上漂浮着刺鼻的海腥味儿，我跟在弯腰细看货品的母亲身后，有点心不在焉，还有点不耐烦儿。我发觉母亲几次在不同的铺子里，都站在一种叫"鲍鱼"的木桶前逡巡着。那条街快走到头了，母亲又在一家铺子的一个木桶前站下了。我一看，又是鲍鱼！母亲回过头来，带着小孩做错事的笑容朝我说：妈妈最爱吃鲍鱼了，但是太贵了。我细看一眼价钱，真贵！心想前不久我还陪你上过当铺呢。便转过身去，不再理会。过一小会儿，妈妈说：走吧。我们便提着那些大包小包的一般的年货，坐车回家了。没有鲍鱼。

回忆的最后，往往是想，那会儿假如我说一句：妈妈，你爱吃就买一点吧。妈妈肯定就下决心买了。爱吃鲍鱼的妈妈那个春节就吃上鲍鱼了。小时候在香港，妈妈会为了要给我们买一种营养好但价钱贵的Baby牛奶和爸爸吵架，而我，在那个鲍鱼桶前，竟残忍地转过了身子，不予理会。

9

“五·卅一”游行后，我在家几天，迟迟未见通知。有一天我干脆自己悄悄地回校了。X见到我，也没说什么，由此我想过她可能把通知我的事忘怀了。那天分手时情况紧急，临别匆匆，她自己说过什么都忘了也是可能的。我便也没往心里去，只是渴望着开始工作。

重新返校的感觉真好，石牌的一山一水、一草一木都那么亲切。这时爱协组织开始强调斗争的合法化，提出利用合法的组织进行“非法”的活动。这时，由文法院系的同学发起组织社会科学研究会，由理工院系的同学发起组织自然科学研究会。合法的组织加上研讨的课题多从社会科学、自然科学出发，参加的同学多了起来。黄昏时分，可以看到在山坡的草地或亭子里，一堆一簇的小组在活动，小组里出现了不少新面孔。

南燕剧社也开始了吸收新社员。爱协的几位同学参加进来后，进行了领导班子的改选。我当选为常务理事，即相当于社长的职务。新老社员和我的关系都很好，大家的积极性都很高。只有一向担任男一号的同学C，虽然也当选为剧务干事了，但明显地不高兴。他是我几位上海兄长之一，又是演戏时的老搭档，平日关系很好。面对剧社的发展和壮大，他为什么情绪不高呢？我这回变聪明了，马上和新加入的我的上线X商量，再进行一次调整的改选，由他担任常务干事，我改任剧务干事。果然，C的情绪马上正常了。我和他又成了剧社工作的好搭档。这件事解决了就好，我一点也没当成什么大事，过后就忘，不是写这本书根本想不起来了。不久我们排演荒煤同志的独幕剧《黎明》，又是我演一位工人的妻子，新参加的女同学D饰演工人的母亲。又是对了两遍词以后，D声言不干了。我马上在剧组提出，和D调换角色，迅速解决了问题。遗憾的是我这回没演好这位母亲，没有了剧宣队同志的导演（这时他们已组成新中国剧艺社前往南洋一带了），当然戏要差一些成色。尤其我们自己没注意一些细节的化妆，比如我露在衣袖以外的胳膊，就完全不是老年人的质感和肤色。幸亏D的妻子的角色演得还不错，整部戏没有演砸。

这一段，由于我们的斗争转入合法化，校园的风云表面上是平静的，但常有暗潮汹涌。有一次，训导长突然通过舍监让我去谈话。我和X商量，决定采取装无辜、装幼稚的对策。晚饭后去到他家，我礼貌而又亲切（这是我的常态）。但话题刚一转到学运，转到年轻人容易上当受骗，我马上委屈地哭了。我是真哭，边哭边理直气壮地声言：我只是爱国，反对卖国，反对迫害，这有错吗？美军强奸北大女同学，政府反诬她是妓女。训导长，她是妓女吗？训导长只好苦笑着摇摇头：她不是。我忙赞同地说：训导长你也说公道话了……谈话就这样持续了半小时左右，他有点无可奈何，我反而安慰他说：训导长，其实你是爱护我们的。你多点和我们沟通，就像今晚这样。当我告别时，他把我送到宿舍门口，眼镜片上反射着落日的余光。

这一段也常有“警报”。几次有人通知我：今晚不要睡在自己宿舍。我便找个由子上别的房间里睡一晚。好在多数房间都有空着的床位。有一晚，找我的人是同班同系的W，她只是简单地说：跟我走。我俩一前一后，拐过孙中山铜像，向一片教授住宅区走去。那时已薄暮黄昏，转几个弯，我就记不住方位了。来到一座小洋房后院，她带我从后门进入。厨房有个中年妇女在候着，也不打招呼，便把我们领进一间睡房。这应该是一间客房，桌椅都简单质朴，木板床上只铺一领席子，但有两个枕头，一床毛巾被。四方帐子现被两个挂钩勾着。那妇女笑了笑说：休息吧。就转身退出了。W也说：我们休息吧。她让我先上床，我睡里边，她睡外边，合盖一床毛巾被。我心中无事，很快就睡着了。但蒙眬中感觉到W在替我掖被子。“同志！”这个亲密的称谓在我心中掠过。后来我常常记起，到今天也没忘记。天刚亮，我们起床，掠掠头发就往回走，也不见昨晚招呼我们的人。我用疑问的眼光看W，她只简单地说：走吧，不用打招呼了。小路阡陌相通，我比来时更转向了。前后看看，想记住点方位。但W说：尽量忘记。后来听说那晚果然有点情况，但没有抓人。再后来，我也动过去认认那座房子的念头，一次走到那个教授住宅区的边沿，竟认不出那晚上的路了，而且每座洋房都很相似。想到“尽量忘记”的嘱咐，便不让自己再往前走了。我知道，会有不少这样的教授，连同他们的家人，在默默地支援我们的斗争。

我从入中大以来，最常听到的肯定是：义无反顾。即我在革命的道路上，从来没想过后退。这我完全同意。还有一个评语是：出污泥而不染。这是古文名家周敦颐在他的传世之作《爱莲说》中，赞美莲花品格的名句。我一直认为这个评价有点高，但它激励着我不污不染，终生不渝。

没想到的是，这时我在同学们心中也有了一些新的称谓，比如众所周知的“民主姑娘”。比如同班的五位湖南大哥背地里称我为“上帝”，有什么问题决断不了，就会说“不争了，这事听上帝的吧”。（这是我后来听刘二哥告诉我的，他给我的纪念册上也写着。）比如有一些同学视我为“太阳”，开展活动时互相告诫：“听太阳的话！”比如许多新同学称我为“周大姐”，尽管我的年龄比他们小。比如南燕剧社演了陈白尘的话剧《未婚妻》，我饰演未婚妻，便有长不大的男同学像中学生一样淘气，看到我就远远地叫一声：未婚妻！我想到初进志锐中学时，有个调皮的男同学叫我“番薯糖”的情景，不禁笑了起来，一点也没生气。据说还有封我为校花的，四十年后工委们重聚时才有人告诉我。假如我当年听到这个封号，我会认为这是对我的亵渎。这时长大了，便只是哈哈一笑，告诉大家：所有这些称号都是同学们的厚爱，我都当不起。唯独

"民主姑娘"，我非常珍视，会永远记住。更有意思的是，当时群众中纷纷组织合法的社团开展"非法的"（进步的）活动，一时间成立了不少同乡会。江西同乡会和江苏同乡会居然都通知我参加。我也因为有许多好同学是江西籍或上海籍的，便也义不容辞、不假思索地去参加成立大会。这些成立大会大都选择在"好吃街"的小餐馆举行。有一段时间，好吃街常有两家店铺同时贴出红纸通告"庆祝某某同乡会隆重成立"。我参加江西同乡会时还没醒腔，一直到参加江苏同乡会时，边嗑瓜子边感觉不对劲儿，意识到这不是一般的社团而是同乡会，要命的是：自己并非上海人。但对着满座视我为同乡的江苏籍同学，我真不忍遽尔告退。只好在发言时委婉地说，自己是来祝贺的。满座的"同乡"都不干了，都认真地说："你就是上海人！""你就是我们的老乡！"我只得把即席打腹稿的贺诗朗诵一遍，并且大方地唱一首歌，才算了事。

就在这一片形势大好，团结同学越来越广泛之际，我却几乎每次和上线X联系的时候，都会受到比批评还难受的"提醒"："出头露面多，容易受到大家的追捧，这不说明自己就那么好了。""不要飘飘然！""不能把功劳都挂在自己头上！"虽然我从小到大都没有骄傲自大的毛病，但我可以理解上线是在提醒，因此并无反感。不过，X在我面前脾气越来越大，有了不同意见，本来可以慢慢商量解决，她也要发展到争吵。幸亏我是个不会吵架的人。就这样，她也要面红耳赤，来个不欢而散。她是二年级时从师院中文系转来的，她认识的人、认识她的人都不多。我设法在最短时间内让她认识了我所有的关系，打下了广泛的群众基础。一次，一群新南燕社员来宿舍找我，我们在楼下的会客室谈笑正欢，她忽然进来了，我忙介绍大家和她相识。她坐下后却严肃地和大家谈起了斗争形势的问题。整个气氛的突然变化让大家有点不知所措，只好迟迟疑疑地告辞退下。当天晚上我主动找她谈话，诚恳地告诉她我的不解，她又要争吵起来，我只好提出：下次谈话希望有第三人参加。

以后果然有一位她的上线来参加我们的联系了，原来是W。单线联系有时成了小组会。我们的不快减少了，我天真地暗自高兴，小心翼翼地保护着我和她之间的革命情谊（其实是个上下级关系）。这里，我要郑重地说一件事，也是我多年来常常记起的，“五·卅一”大游行之后不久，X有一次郑重其事地和我说过：该考虑入党的问题了。当时是在有一大帮同学的群众场合中突然提出的，谈话没好继续下去。原来我恍恍惚惚地以为参加爱协就是参加了党，现在才知道可能不是。因此我热切地等待着她再度提出。但往后每次联系时的气氛好像都不对。

1948年暑假前，父亲在南京找到了工作，要接全家去南京团聚。父亲离家两年多了，在南京靠陆续卖点字画维持生活，寻找工作。母亲准备全家搬去，我本来不准备去。但组织研究后，决定让我随家前往，转学金陵女大去“充实那里的党的力量”（X的原话）。

临上火车时，我执着地在月台上等X来送我，因为她说过要来，因为我把她当成组织的代表，临别依依，想多听听有无别的交代，尤其是关于入党问题。但X没有准时来。直到火车快开了，她提着一些食物（并非送我的）匆匆跑来，我急忙迎上去，她却一脸不高兴地埋怨道：我还有事呢，又要赶到这儿来，烦不烦！我一时无语，她接着说道：组织要你想尽一切办法争取回来！面对这前后截然相反的两种交代、两种任务，我有点发懵，但不容细问，火车要开了，加上她那么烦。以后我只有按她最后的交代办（当然也是我感情上最愿意的）。于1948年暑期随家赴南京，9月底千辛万苦争取回到广州。

10

1948年秋天，我只身一人从南京飞回广州。那是我第一次坐飞机，小型的，不像现在的客机。九月底的气候，在南京已有秋天的感觉，我记得自己穿了一件浅绿色呢绒旗袍，还手搭一件米色呢绒短大衣。但当飞机降落在广州白云机场，热气扑面而来，我又无法换掉身上的呢绒旗袍，闷热难当，在从机场回沙面的路上我就吐了。以后我有晕机（包括晕船、晕火车）的毛病，有怕热的毛病，在此已见端倪。

母亲赴南京期间，沙面的房子委托她的堂妹碧云照看。我这次独自回来，是她去机场接我，日常饮食也是她照顾。碧云姑姑只比我大三岁，此前我们关系就很好，常有比较深入的谈心，因此她对革命是向往的，对我的工作是支持的。这次单独相处更加深了彼此的了解。这份情谊一直延续到今天。我从80年代到90年代，整整奋斗了十三年，才为母亲收回了沙面的房产。在广州方面辛苦奔波的就是碧云姑丈。他改革开放后深感我们的国家没有法治，自学法律考了律师牌照，并主动提出担任我的律师。沙面那栋楼房里住了22户，一户一户请出去，需要深入住户，进出法院，这些重要而繁琐的工作，全由他骑着一辆摩托车，在广州的骄阳下奔波，积十余年之久才办成。这是后话不提。

抵穗后，我第一件事就是回石牌，小胖倒是从江西回来了，但X和W却撤退了。X一点也没给我留下任何信息和联系办法，我登时心慌起来。因为回来的第一天，就有不少同学来找我，一是想念，怕我回不来了。二是等待，等他们心目中可以带领他们开展工作的人。我回来了，他们认为那个人应该是我。我完全明白。但是现在上线都不在了，我又离开了将近三个月，当前的情况、形势、方针都不了解，怎么办？对着那么多双殷切盼望的眼睛，我又是焦急，又是担心，担心说错话，担心出错主意。结果只有先回家避免各种“表态”，并且同时发信给香港找X，请她尽快通知这边恢复和我的联系。但是不知何故，X迟迟没有回复。我记得直到冬天，才有一个法学院的女同学前来，我们原来就认识，这次见面，对过暗号，彼此一笑。她告诉我，让我等待新的联系人。在此期间，要逐渐淡出第一线，由红转灰。包括衣着打扮，也要适应家庭环境和新的工作。自此以后，我便安下心来等候新的任务。这时我已是四年级了，要准备毕业论文。以此为借口，我很少到学校去，而且搬到了临街的那间小屋居住。起初还有些同学满腔热情地来找我，我正好罹患胸膜炎，卧病在床。同学们也逐渐淡出了。每次送走他们，我都很难受。有一次，我晨起拉开小屋新装上的粉红色窗帘（这是我特意如此挑选，以示生活上的变化的），正好有几位同学路过，他们从窗外看到手搴粉红窗帘的我，彼此都没有招呼。不久，我便听到有反映："周湘玟完全变了。窗户装上了粉红的窗帘！"有的失望惋惜，有的冷嘲不屑。对这些反应，我虽有思想准备，但毕竟很不好受。那个年代，我心中最崇尚的是奉献；最不齿的是背叛（现在依然是）。本来我罹患胸膜炎是和那一段失去联系的焦虑有关，这时更加重了痛苦。

湘玟在一次夜半醒转中看到靠窗的这个座位上，坐着一位黑地绿花裙衫的女子，一手支腮，若有所思。湘玟有了相机后，在同一位置，用同一姿态自拍了一张照片。没想到保存至今。窗下摆的是一套酸枝茶几和座椅。（有这么个经历，又没有忘记，还有照片为证，刊出了对自己和后代算一段轶事吧！）

住在这小屋里还有过这么一件事。一个晚上，我因为胸部疼痛醒了，小屋里只有沙面的河水反映到墙上的光影在轻轻摇晃。我突然看到临窗的椅子上坐着一位少妇，穿着黑地绿花的裙袄，长发挽成了发髻，一手支颐，若有所思。我愣住了，不知是真是幻，也不知该不该唤她……以后我只好这么解释：这少妇的穿着和姿态都符合我平日的审美旨趣，有可能是这一旨趣的幻影。当然，也有人说，这屋子住过德国人和日本人，言外之意，我见到的东方打扮的女人就是日本女人的鬼魂。但我说：她穿的是中式裙袄，不是和服。大家记得，我幼年在靖村居住时就不怕鬼，还盼望见到鬼。因此我毫不害怕，照样在那小屋居住，以后也再没见过。倒是我有了照相机之后，在同一张椅子上，以同样的姿势自拍了一张照片。大家可以看到。可惜摄影技术不好，不够清晰。

等待的日子真有点度日如年。毕业论文的选题我选了《红楼梦》。这是我长大后最钟爱的文学作品之一，也是自认为可以有独到赏析的选题（论述如何则不自知，因为那时还未写过论文）。记得我前后细读了六遍。70年代，我有了孩子，孩子也开始读《红楼梦》，二儿海欢曾嘲讽我："妈妈对《红楼梦》倒背如流，顺着背一字不错，倒着背只错一个标点。"

终于等来了新的联系人S，外校转来的新人。她下达的任务是收集军事部门的情报，为迎接广州的解放做准备。我向她倾诉了几个月来对组织的怀念和盼望。但她没太听得进去，除了打量房间的陈设和我的穿着以外，就是不断埋怨，到我家来她费不少工夫打扮。我细细审视了她一下，满头卷曲的烫发上系了一根蝴蝶结，身上是一件大花旗袍。当然，这一定和她在校时的素装有很大差别，但距离有品位的资产阶级化还是很远，倒像是演戏时的服装和化妆。不过我自己也很反感讲究穿着，便安慰她说：别担心。常有同学来看我，她们穿的还没你花呢，我妈妈不会怀疑。

由于解放战争的节节胜利，南京作为国民党的首都，已是岌岌可危，母亲和父亲都先后回广州了。父亲临危受命，被任命为华南补给区司令，军衔中将。家中的亲戚、宾客也多了起来。有些亲戚还进入补给区司令部任职。这正好给我的工作提供了极大的方便。我先是找那些任职的亲戚了解情况。后来由于他们对我的政治倾向早有了解，并且对我信任，因此都很积极，真的做到了要什么给什么。那一段我给组织的情报是极其重要的有关国民党某些军事机构的编制、武器装备、营房车辆的密件，尤其重要的是机构的人员花名册。当时没觉得是多么重要的贡献，完成任务了，也就淡忘了。直到1960年组织命令汪洋和我离婚，我提出请组织派人重新调查我的历史时，才想到从学运淡出后还有这么一段情报工作，虽然短暂，但很重要。高等军事学院的上校助理员黄祝同志到广州后专门去找了S。他返京后对我态度非常亲切，我遵守秘密工作纪律，闭口没问他外调结果，只关心地问一些同学的情况。问到X，黄祝苦笑道："还不如不找她呢。"问到S，黄祝气愤了，说："她居然说不记得了。"我在拙著《众里寻她》的《力挽狂澜》一章里曾提及此事："她居然说不记得了（幸亏她还不敢说没有此事）。那么难忘的我家在广州沙面的豪宅，那么难忘的被联系人——学运中的民主姑娘，当时的周家'大小姐'，那么重要的独一无二的情报，还有你自己那么难忘的梳妆打扮，你能忘了吗？为什么在一个同志那么困难、那么关键的时刻，你不愿意证明她最重要的贡献？”至于X，我一直未曾把她朝坏里想过。直到大后来我变“坏”了，把一些事串起来想，方才有点开窍。我想，我们那一代革命者，若不从参加革命起就注意思想改造，力戒妒贤嫉能，那么，解放后担任了政府各级官员，他们的肮脏心态就会带给群众很大伤害，带给工作重大损害，带给党和国家深重的危害。

这时母亲手中也宽裕了，便张罗着要把楼下那间朝南面向花园的正房给我居住。原来我和妹妹是在二楼同睡一间屋的。考虑到新的任务，我没有拒绝。房间经过粉刷，墙壁髹成了浅绿色，母亲自己还用着新一军家属留下的旧家具，却为我亲自去购买了一套浅绿色的欧式家具，有双人床、大衣柜、五斗橱、梳妆台和一张小书桌。面临花园的宽阔的阳台，则布置了一套玻璃小圆桌和四把绿皮的沙发椅，欧式的小圆柱栏杆也刷成清爽的乳黄色。白天，母亲和妹妹都愿意到那儿小坐，欣赏园中的景致和我优雅的房间。只是那时还不懂得喝下午茶，否则会留下更富于情调的记忆。

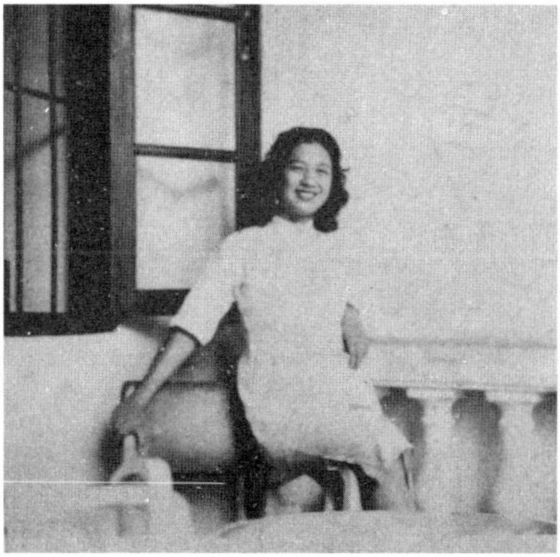

1949年摄于沙面湘玟卧室外的阳台。可见当时通卧室的窗户以及阳台栏杆的形制，也可见母亲购置的小圆桌和绿色皮椅的一角。

原来母亲一心为了庆祝我大学毕业，又适逢我二十岁的生日，精心送给我这一份厚礼。我却无心于这些，只把它当成掩护工作的道具。后来“觉悟”更高了，还把它看成是母亲对我的软化，希望留住女儿的手段。

随着解放大军渡江的成功，南京、上海相继解放，国民党的政府机构和重要人物一时都聚集在广州。我的工作更忙了。学校也安排我们这一届同学提前毕业。我的心思全在迎接广州解放的工作上，根本没把毕业当一回事。但是班级要出毕业同学录，需要一张戴学士帽的毕业照，在主事者的再三催促下，我才去拍了毕业照，顺便拍了两款生日照（正好时间都在五月）。大家在这本小书上，可以看到这两种照片。还有，由于提前毕业，论文也得提前交了。可我的“鸿篇大作”——《红楼梦论稿》还只有一个大纲和部分“腹稿”，也就是说，基本上没动笔呢。虽说我写起来也快，但确实来不及了。这时五位湖南大哥知道了这个情况，都劝我改论文题目。改什么？我的心思全在《红楼梦》上，别的都全无准备。刘二哥见状，慨然把他整理的秦少游（秦观）的资料给我，问我能否短时间内写成论文。勤奋的刘二哥想必是在他的论文以外还准备了一些备用资料，正好可以救我燃眉之急。我细读了一遍，资料虽不包含观点和评价，但还比较详备。正好我当

1949 年 5 月，毕业证书个人照。

时爱词胜于爱诗，对少游词虽不太喜欢，但也并无反感，遂接受了刘二哥这份帮助。论文很快赶写出来了，用的文言文，毛笔书写。现在想来，可能是这个课题适合这种文体和书法吧。论文不是很长，凭着我对词的热爱和见地，也凭着我对少游词有些自己的见解，倒也挥洒酣畅，算是交卷吧。我真没想到自己的毕业论文是这么凑合完成的，六十七载过去，犹有憾焉。记得在校时一位同学告诉过我，一次他和一位教授谈起我，教授叹息说：周湘玟可惜了！我当时不以为意，认为读书是个人的事，是小事；党的工作才是大事。只有多年以后有时间回忆往事，才懂得明师这一番叹息的深意，感到深深的愧疚。以后每逢提到“大学毕业”的学历，我都会说明一下，我没好好念书，是个草包大学生。这不是谦虚，是诚实。

11

进入五月（相当于农历三月末），母亲要为我正式过一个生日，她说二十岁是大生日。我想的却是年满20岁，是当时法定的成人年龄，自此可以摆脱父母一些管束。当天宾客众多，但我没像今天的影视剧中那种最后的贵族的打扮，穿的什么现在都记不起来了。（玟按：希望拍摄民国剧的影视导演们注意：抗战时期以迄解放前，我见过的国民党的官二代都很朴实。张发奎、李汉魂、余汉谋的女儿们我都熟悉，多数还是同学。她们不仅朴素，教养也很好。现在描述那些官二代和富二代，女孩儿白天也穿晚礼服，描眉画眼，佩戴珍珠钻石首饰，那是不符合历史真实的，是一些编导制作对历史的主观臆测。）唯一记住的是收到不少礼物，有母亲送的一部德国名牌蔡氏照相机（配有黄镜头和三脚架），有一位姑丈送的名牌Underwood英文打字机。这两样礼物都很贵重，也很实用。1952年我离开香港回国时，把照相机连同一部手风琴、一枚浪琴金表都上交给组织了。那部打字机更早一点也被组织要去，说是给一位到洋行去打工的同志用。我真正喜欢的是一个烛台，造型优美，可以插两支蜡烛。质地不是水晶也该是捷克的玻璃制品，晶莹剔透，引人遐想。比如一位少女曳着轻纱，从楼梯上细步下来，手中正是擎着这样的烛台，为她的意中人照亮。又比如夜正浓，闺房中只有这一具烛台的光亮，烛光摇曳着，映着一位少女苍白的脸。……这些当然都是当时的“遐想”，但是现在还记得。送烛台的是正在岭南大

1949年自拍于沙面卧室，和那张打字照是同时拍的。没有第二个人，自己可以随意拍，便拍了这张把头发打散开来的照片。我记得是想看看自己披散的长发。这泄漏了女孩子的心事，也宣告了一条真理：爱美是人的天性。照片中的梳妆台为淡绿色，是母亲送的生日礼物。

打字照。湘玟自拍于沙面卧室的书桌前。书桌和座椅均为淡绿色。她发上戴的发卡就是《靖村　荒冢　小木屋》中提到过的“胶夹”。她十一岁时见到别人戴这种发卡，高中时买到了这种发卡，竟从中学戴到大学毕业。可见她很喜欢。

学念书的方辉生舅舅，他的父亲是当年黄埔军校教育长方鼎英，和我们家是世交。他到广州上学后就经常上我们家来。我很少在家，因此和他不太熟。他应该是大大的官二代了，可是看得出他生活朴实，一点也没有那种飞扬跋扈的模样，而且沉默寡言，眼神忧郁。我试着和他交谈过，但深入不下去。

最珍贵的礼物应该是我的外祖父魏祝民送的一首词了，调寄《意难忘》，是书成条幅裱好寄来的：

意难忘

遥念南天，忆晬盘海上，笑靥人前。宁馨夸玉雪，荏苒及笄年。明镜彻，智珠圆，颖悟在人先。最是雍容能孝事，学问精研。　　衰翁老病牵连，历沧桑岁月，百念都蠲。疏庸荒学殖，清白守家传。松柏施，女儿缘，敢从玉夸妍。喜外孙渊源有自，福慧兼全。

意难忘寄湘玟外孙。广州。今春三月为其二十生辰，行将卒大学业，倚此相寄，为学年同进之纪。

己巳春季祝居士并书于十思斋

注：晬，孩子周岁。晬盘，疑指“抓周”。海上，即上海。

很难过，自那以后，我不但把这首词忘了，甚至把有这首词的事儿也忘了。直到80年代，我赴港省母，母亲才提起外公送的条幅一事（条幅一共是两份，另一幅是用小篆抄录《孝经》的一段），说是托大妹妹带给我了，但我并未收到。直到2011年，大妹妹托大弟弟湘农从港带来，经过六十余载沧桑，我才得重展尘封已久的条幅，敬读外公情意拳拳、期盼殷殷的赠词。尤其难过的是，这可能是外公最后的词作和墨宝了。1949年秋，故乡新化解放，外公就含冤去世了。没有人告诉我们罪名，以后的年月也没有三毛舅舅这样的子孙为他奔走昭雪（三毛舅舅为他的父亲争取到平反昭雪，见本书《小吴门外荒草园》一记）。估计有可能是和我的父亲——他在香港的女婿有关。新政权臆断女婿是特务，那岳父也就同样是了。外公，六十七年后，玟孙在这儿敬告您，您的女婿不是特务。这在我的档案中明明白白地记载着审查结论："其父周游既无特务身份，也无特务活动。"六十七年后在这儿告诉您是晚了，但事实上六十七年前您就不是！苍天厚土，你无需再天崩地裂。您老可含笑九泉了。历史终要恢复它的本来面目，而且历史将由人民书写。

我的"新居"派过不少用场。我自己则在那儿读书，写信，赶写论文，还有唱歌。有人说我唱得比某演员好，长得比某明星好，都会看到我不悦

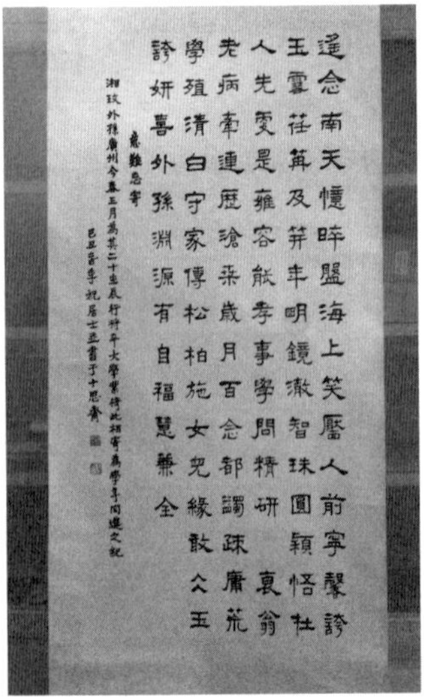

外祖父生日祝词，调寄《意难忘》。

和不屑的表情。他们或她们会连忙说：当然，你比她们更好。我反而笑了。因为我不是觉得自己唱的多好，或者多漂亮（我真没觉得自己漂亮）。而是觉得我和她们根本没有可比性——不是一种人。有了打字机以后，我开始在小书桌上学打字；有了照相机以后，我开始学摄影。我记得为自己自拍过打字和阳台上的照片（用三脚架），还拍过梳妆台前的照片。后者还真是“梳妆”照，因为从照片上看，我把长发都打开了，而且穿的是作为睡衣用的家常服。我这才认识到，六十七年前的这个女孩其实是爱美的。她想拍自己的长发，想看到自己长发垂肩的模样。爱美是正常的，不过那个年代，如果陷在爱美的丝网里，成天追求打扮、享乐，沉迷于自己有多少异性的追求，再加上丰厚的物质生活的羁绊，她便永远也革不了命了。她会随着那个行将灭亡的旧世界、旧秩序沉沦下去，直到被完全吞噬。我看到过这样的女孩子，在生活里，在书里。为此，我过犹不及地不屑于容貌的美丑，甚至于害怕爱我的人仅仅是为了我的容貌，我觉得自己有比容貌更美的心灵。如果谁不了解这一点，谁就不配爱我。有幸这两张照片还没丢掉。我今天静静地注视着照片上的容貌，也透视着她六十七年不变的初

1949 年摄于沙面寓所之花园。这是我听从组织意见所做的比较讲究的衣饰了。

衷。虽然遗憾没能在无情岁月里保住我平平的容貌，但也庆幸在污泥浊水中葆住了我干净的心灵。

我想起了初中时代的一件事。那是在志锐中学。英语老师为我们讲授课文，课文里有几位希腊女神的名字。十三岁的我已经把智慧看得高于美貌了，因此选择了智慧女神的名字Athena作为自己的英文名字。有意思的是，我那时也想过，如果有仙女答应送我一份礼物，问我最想要什么，我会回答她：美貌！是的，十三岁的我是这么想的。我至今还记得。

12

1949年的上半年，国统区物价飞涨，通货膨胀，民不聊生，经济濒于崩溃。记得我为家里买柴买米时，得用大麻袋盛半袋金圆券或后来又出台的关金。而且，当我像原来那样，货问十余家，再返回上几家去购买时，店主会带着幸灾乐祸的笑朝我说：对不起，你早不买！就刚才这一会儿，又涨价了！由于我这一段是住在家里，曾经看到过蒋介石发到部队的粮饷不再是分文不值的金圆券或关金，而是成箱成箱的金砖。有一次，我无意中听到父亲对母亲的悄悄话里说道："人总得为儿女积德。"后来才听我的大妹妹和姑丈说，父亲所指是无论在任何情况下，也不能扣发士兵的军饷。当时，蒋介石获得陈明仁将军将率部起义的情报后，曾急电周游：扣住给陈的给养，不予发放。但我父亲考虑到几十万士兵不能没衣穿，没饭吃；再加上他和陈明仁既是黄埔同学，又是同乡兄弟，便在收到电报后打了个时间差，一面急速派专机运送给养，一面向上级报称电报是后来收到的。大妹妹还听到过父亲和陈明仁的通话，父亲在军用电话中大声说："明仁兄，我豁出命来也会把给养送到，你放心。"姑丈说，派往长沙的那架军用专机由他负责押运。飞机刚在长沙机场着陆，机舱门一打开，等在舷梯下的陈明仁便疾步登机，察看运来的给养。姑丈向他敬礼报告后，陈握手致谢，并命令他："你不要下飞机了。我的人把给养搬下后，你马上飞回去，否则有危险。"姑丈有点发懵，原先还准备在长沙看看亲朋故友的，这下全泡汤了。陈又说："回去谢谢游子兄。"姑丈只好执行命令。后来知道，就在他的专机起飞后，陈明仁率部起义的通电就发表了。他是在飞机上听到广播的。（以上情节曾由我和大妹妹共同撰文，发表在境外某传记刊物上，以澄清某些不实的传言。）

父亲也曾用相似的努力，为程潜和薛岳运送过军饷。

随着我解放军的节节胜利，家里也开始了逃港的准备。母亲曾两次派我赴港为家里租房子。先租的铜锣湾高士威道一处位于四楼的房屋，作为来往搬运家当的"行营"。后来又租了位于半山（高等住宅区）罗便臣道71号的一、二层楼，作为全家的安身之处。这是一幢刚落成的新楼，依山面海，深得母亲喜欢新楼，又喜欢看到大海的心意。（详情可参阅拙著《众里寻她》第一章《南天一信》。）

我自己"忙"的却在心里：我正式申请留在广州——这片解放了的土地上工作。我要看着五星红旗在这片土地上冉冉升起，我想听着《义勇军进行曲》作为国歌在这片土地上庄严地唱响。但是上级没有批准，正式命令我在广州解放前随家赴港。

就像离开农园时一样，我没有好好地多看一眼沙面这所房子，没有惜别之情，只想着要奔赴新的工作岗位，投入新的工作了。再说那一段频繁地往来于穗港之间，也没想到哪一次会是最后的告别。后来知道了："那"一次我领受了母亲交给的任务，像平日一样，随意地挽着一个编花提篮就往机场跑。临走，母亲叫住我，让我把一部分家当带走。（因为我的诚实，母亲确实最信任我。明知我思想进步也宁肯托付我。）我进她房间一看，是一些金条。我来不及细问，反正提篮空着，我便把那些金条都放入提篮，既没包，也没裹。金晃晃的太惹眼，我便把一件上衣随意地盖在金条上。向来对财富没有什么概念的我，过广州白云机场的关卡，出香港启德机场的关卡，半点也不担心事，恍如出入商场的转门那么轻松。就是那一次，母亲说：一切都妥帖了。我用不着再回去了。就是那一次，湘玟离开了沙面，离开了广州。再回首已百年身。

别了，我为之付出全身心的行将解放的土地——广州。

别了，我沙面的家。

别了，我亲爱的母校。

别了，我16岁至20岁的华年。

2016年11月

北京

附录：

这一章写了我和同学们的关系，也写了同学们对我的厚爱。中文系同班同学的五位老大哥（确实是老大哥，最长者已是30岁）背地里给我的“代号”是“上帝”。虽然是事后才知道，我依然惶恐，但也深深地感受到他们对我的爱，感受到广大同学对运动的组织者和领导者——中国共产党的爱。这样的同学和这样的“代号”还不少，但大部都“口说无凭”了。幸而“白纸黑字”留下的有杨资元同学的回忆文章（载《第二条战线之歌》），还有留在我珍贵的纪念册上的刘二哥（铭璋）的题词。纪念册的原委见第九记《十里亭　农园》的记叙。以下，是刘二哥题词的摘录：

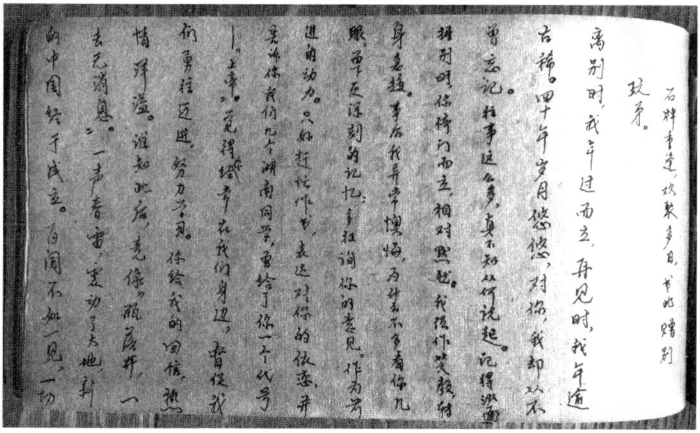
石牌重逢，欢聚多日，书此赠别
玫芬。
离别时，我年过而立，再见时，我年逾古稀。四十年岁月悠悠，对你，我却从不曾忘记。往事这么多，真不知从何说起。记得……握别时，你倚门而立，相对默然。我强作笑颜，转身急趋。事后我异常懊悔，为什么不多看你几眼，留下更深刻的记忆；多征询你的意见，作为前进的动力。只好赶忙作书，表达对你的依恋，并告诉你我们几个湖南同学，曾给了你一个代号“上帝”。觉得她常在我们身边，督促我们勇往迈进，努力学习。你给我的回信，热情洋溢。谁知此后，竟像“瓶落井”，一去无消息。一声春雷，震动了大地，新的中国终于成立。百闻不如一见，一切

刘二哥（铭璋）题词。四年学运中，同学们的信任和厚爱给了我勇气和力量。他们在背后给了我一些称谓，有的我当时知道，有的我数十年后才知道。大部分都是我承当不起的。但也不敢忘记。上面照片中是同班的刘铭璋同学写在我纪念册上的文字，记载了其中一个称谓的来历。

石牌重逢，欢聚多日，书此赠别玟弟。

离别时，我年过而立，再见时，我年逾古稀。四十年岁月悠悠，对你，我却从不曾忘记。……我异常懊悔……为什么不多征询你的意见，作为前进的动力。只好赶忙作书，表达对你的依恋，并告诉你我们几个湖南同学，曾给了你一个代号——“上帝”。觉得你经常在我们的身边，督促我们勇往迈进，努力学习。……

这本纪念册珍藏至今。（请参阅摄下的照片“纪念册”和“刘二哥题词”。）

引玉四人谈

湘玟大姐咏叹调

马淑媛

湘玟大姐，岁月如梭，转瞬我们相识近一个甲子了。回忆我们相识的1963年，那时我们多年轻啊，我23岁，你34岁。我没有想到，在我们的迟暮之年，我能读到你刚刚写就的大作《湘灵 越秀 华年》。我佩服你的记忆力，佩服你的文学才能，对童年、青少年的事记得那么清楚，对抗战时期各阶层人的生活写得那么生动，轻轻几笔就把人物的面貌、精神勾勒得那么清晰。回忆录不是历史，但它是历史的佐证。通过它，人们可以对抗战岁月有更生动、更形象的了解。我更佩服你在金龄之年，而且是在病痛的折磨下，写作了这样一本有意义的书。从书中，我了解到在抗日救亡动荡的岁月里你的经历，了解到你的家庭、你的父母，以及跟随他们迁徙所遇到的种种人和事，了解到那些岁月对你的教育、影响，以及你的感悟。你把担架上骷髅一样的伤兵、衣衫褴褛的人群，收进心底，构成你内心深处的人民的含义。你思索真理，思索人生，思索理想……我感叹动荡岁月造就了你的聪慧、率真，才华洋溢和充满爱心，更感叹你拥有的坚忍不拔积极向上的勇气和意志，为你多姿多彩、绚丽而有意义的人生奠定了坚实的基础。我感叹你人生的美好、浪漫，跌宕起伏，充满诗情画意……

读着《湘灵　越秀　华年》，我情不自禁地又回忆起我们相处的日子，情不自禁地想为你歌唱，歌唱你人生的璀璨，歌唱我们的青春年华、歌唱岁月的沧桑和我们的理想……

我们相识时，我是长春一汽集团的女工，业余作者。记得那一天，天气非常好，阳光洒满高大的厂房。市文联的同志领着你来到我的机床旁，对我介绍说："这是新来的周湘玟同志。"我看着你，你也一直在微笑地看我。我感到你很真诚、很亲切，也很美。不是漂亮，是美，是那种端庄、大气、高贵的美。

那以后你经常来厂，和工人作者们一起谈思想、谈创作、谈生活、谈读书，和作者们一起研究作品，帮助修改。你待人诚恳、工作认真，赢得厂里业余作者和他们领导的好评，很快你和作者们成了无话不说的好朋友。你来厂时，有时还在我的工位旁参加劳动，晚上就住在我的宿舍和我亲切交谈。那是多么值得回味的夜晚啊！你十分真诚地告诫我，首要的是先做个好工人，然后，再做个好作者。交流多了，我渐渐地知道你出生在国民党将军的家庭，现在是我党将军的夫人。想你从小到大，生活优越，可你吃穿那么朴素，一点也不娇气、不特殊，没有一点架子，给我留下很好的印象。

“文革”后期，市里要搞一部反映汽车工人生活的话剧，你来到厂里，和我及几位业余作者组成创作组。你吃住到厂里，和我们一起研究人物，结构故事，共同定名为《解放颂》。剧本由你执笔，我们几个业余作者帮助凑材料。你为早日写出剧本，倾注了全部心血。你废寝忘食，常常不眠不休，挑灯夜战。剧本《解放颂》很快完稿，并由长春市话剧院正式彩排、试演。演出效果很好，反应很热烈。可是，我至今不知道，为什么当时没能正式公演。不过，通过这次接触，我对你的文学修养和创作才能，有了进一步的了解。

后来，你调北京。改革开放后你离休了，曾携同离休的丈夫回长春。旧地重游，“故人故地谈故事”，你眉开眼笑，比以前更开朗，我们亲切交谈，有说不尽的舒畅、欢欣。你送我们几首新创作的诗，其中那首《迎春》，尤其是小注，我特别喜欢，一下子就记住了：

姹紫嫣红满上苑，迎春摇落瘦湖边；
芳华换取春来早，不悔当年破土先。

你的小注上写：迎春，黄色之小花也。北国春寒，始有是花。玟湘籍而长于粤，1952年赴朝时始获见焉。其花形小而色貌平平，然深敬其破冻土而迎春之品格。己巳春游北海公园，时众花争艳，独不见迎春。有感而书此，并以赠同代之先驱者。

这首小诗，使我忆起每年冰雪未消时，看到迎春那黄色小花的喜悦心情。花虽然平平淡淡，但却不畏冰雪风寒，向人们预示着一个新的春天的来临。不知是喜欢迎春花，还是喜欢迎春花的品格，还是喜欢诗咏迎春花的人的情怀，从此，我记住了这首诗，每年春寒料峭时节，我都会在公园、路旁街角，在冻土旁寻找迎春花，怀念那个用诗赞美迎春花的人。

2001年，你与丈夫汪洋将军合著的《勿忘庐人家诗集》赠我们夫妇，使我进一步深入了解了你和你的一家，让我敬仰和羡慕。可真正让我心灵震撼，让我对你刮目相看的，还是在我读了你的《众里寻她》丛书（一套四卷）之后。看似温柔的湘玟大姐，是多么了不起，多么坚强，多么不容易啊！你的才学，你的品格，你经历的磨难、困境乃至绝境，没有钢铁般坚定信仰、钢铁般坚强意志的人是做不到的。难怪汪洋将军在生命的最后日子深情地对你说："我这一辈子能找到你，而且白头到老，没有遗憾了。"并对孩子们说："这么多年来，你们的妈妈是我见过的最好的党员。"

湘玟大姐，你实在是早慧，并在母亲严格管教下，两岁识字，三岁就能代家中的保姆写信，九岁能诗。在抗日救亡的岁月，从童年到少年的成长时期，你跟随家人迁徙逃难、跑警报的日子里，目睹了国败家亡和人民的苦难，爱和恨在你的心中生根发芽。你鄙视醉生梦死。你默默地思索人生，并在14岁时写出长诗

《假如活着》，向世人宣告了你的人生观、价值观。我愿重温诗的最后一节：

那么，让我说：/生命是一个勇敢的猎人，/崇高的战士，/在世界上追求、猎取、战斗！/活着是为了自己所热爱的一切底臻于真、善、美！/膜拜至高的牺牲、热的爱、激烈的恨和真实的行动……/让我们因毁谤可毁谤的世界与人群而受到毁谤吧……/对所看见的、所听见的、所触到的好的，/一味追求、创造吧……/对所看见的、所听见的、所触到的坏的，/不惜以重大的代价送它滚蛋！/临死了，/对永不回来的世界（即使依然褴褛）/你该现出骄傲而绚烂的笑啊……/即使死了，/只留得一副枯骨，/占有一口棺材，/一方土地……/但，/你能说，/你给予人的，/甚至你所收入的，/不都是好的吗？/

（此诗曾发表在1944年广东韶关的报章。这是一个少年才女的生命宣言！）

你在追求人生价值、追求光明、追求正义中长大。1945年抗战胜利，你考入中山大学。你那热烈地期盼真、善、美的情怀，很自然地融入我党所领导的“反饥饿、反内战、反迫害”的学生运动中。你看到了民主自由的曙光，找到救祖国于危难、救人民于水火的希望，便义无反顾、全身心地投入党所领导的学生运动中，成为中山大学学运的骨干和组织者之一。

1947年你还不满18岁，在广州举行的“抗议美军暴行示威大游行”中，在广州影响最大的“五·卅一”

“反饥饿、反内战、反迫害”的示威大游行中，你扛着大旗，冒着敌人机枪扫射的危险，走在游行队伍的最前列……你不是没有想到牺牲，而是感到为正义事业从容就义的崇高和愉悦。你在游行的前夜写下遗书：

假如我牺牲了，请不要为我难过。我是为了自由幸福的新中国，为了正义的斗争而愉快地牺牲的。希望更多的同学起来继续斗争。

看到这里，我怎么能不景仰你！

1949年，你大学毕业了，凭你的爱好和所长，完全可以在解放了的土地上，从事音乐和戏剧创作。但是，党需要你去香港工作。你毫不犹豫服从了革命的需要。我要说，在我的心目中，这时，你已经是一个没有履行入党手续的党员了！

在香港，你利用父亲的关系，多次巧妙地获取重要情报，受到多方领导的重视和表扬。就在你忘我投入工作的时候，一个人找寻到你，闯进了你的生活，闯进了你的胸怀。他就是后来成为你终身伴侣，给你带来无限幸福，也给你带来诸多“灾难”的汪洋将军。

汪将军是当年第一批率部队跨过鸭绿江赴朝作战的人，首战美军不可一世的王牌军就获得大捷的英雄师长，受到志愿军司令员彭德怀元帅和陈赓大将的高度赞扬。汪洋的业绩、人品、真情、才干，深深打动了你、吸引了你，使你的心中第一次荡起爱情的波澜。虽然不曾谋面，虽然香港—朝鲜战场相隔万水千山，虽然你知道战争是伴随死亡和伤残，可面对生命中等待的这样的一位英雄，你怎能不动情？于是，香港和朝鲜战场之间，万里之遥搭起了一座鹊桥，鸿雁传书。共同的理想、信念，使两颗火热的心融合在一起。我非常欣赏你给汪洋的诗《我等待着你》。诗的最后一节：

我等待着，/用我温柔的祝福和呼唤。/我等待着，/用对不同敌人的狠狠打击。/我等待着，用双倍的工作和忘我。/我等待着、等待着、等待着你，/你一定会回来的，/你一定会活着回来。/即使我们还不曾“一见”。/即使我们就不再见面。

这是你对正在战场上不曾谋面的恋人的爱情宣言。

可是，就在你们热恋之时，你的上级领导却突然要你放弃这种浪漫的爱情，要你断绝和汪洋的关系！回到隐蔽战线上，准备终身不嫁，或嫁给组织派去的人……晴天霹雳啊！这对于热恋中的少女，对于火热的心，压上怎样一块沉重的坚冰！可你却平静地接受了，并感到“悲凉的幸福”。悲凉又怎能幸福？要永远失去所爱的人，自然悲凉，可党的需要高于一切！你做到了，所以感到幸福。这是什么样的忠贞？什么样的情怀啊？什么样的人才能做到的啊？可你做到了！

可是，远在朝鲜战场上的汪洋不能接受，不能接受你的突然消失。虽然你们的恋爱不被上级、组织和许多人看好，但他相信自己的心，相信自己眼力，相信你对革命的忠诚和对他的爱情的坚贞。汪洋不能放弃你这位众里寻找多少载的奇女子。他用尽各种方法在全国找寻。当他的军政委李雪三率代表团回国，便托付军政委找寻你。

李雪三同志在广州见到叶剑英元帅和陶铸，找到了你，有了这两位广州最高首长批准，他才约见你，审视了你，并在心中暗暗地批准了你们的关系……

峰回路转，绝处逢生！汪洋后来回忆说，自己是沾了志愿军的光！对于你，能投身到抗美援朝斗争的最前线、投身到心仪已久的恋人身旁，自然满怀喜悦和憧憬……于是，你不顾从小父母为你铺就的留学之路，抛下家里给你的香车宝马、珠钻轻裘，只选择了可能对组织有用的一台照相机、一台手风琴、一块金表交给组织；一无所有地割舍了生你养你的家庭，“忤逆”了育你爱你的父母，至亲至爱的弟弟妹妹，义无反顾奔向朝鲜战场，奔向相爱的人的身旁……可是，你万万没有想到的是，在你兴冲冲奔向幸福的同时，也奔向灾难和困境……

从四季如春蓝天碧水的香港到冰天雪地战火纷飞的朝鲜战场，脱下靓丽的衣裙，裹上一把抓不透的厚棉衣；脱去镶金边的高跟鞋，换上大头棉鞋，你心里感到无限幸福和光荣，你为自己成为一名志愿军战士而自豪！可是，就在你欢欣鼓舞的时候，你万万没有想到，也难以忍受的是，由于在你离开广州时，组织上没有给你必要的鉴定，没有给你定级别，没有给你解决早已准备解决的入党问题。（我直到现在我也弄不明白，为什么会出现这种怪事！）也许是不能暴露地下工作的历史？也许还想把你调回广州？反正对一个同志不能这样不负责任，我心里为你不平！同志们不了解你的历史，对你七年学运和在隐蔽战线工作的贡献一无所知，更不了解你对党的忠诚和对爱情的坚贞。一些人把你看成另类——香港小姐！你受到歧视、排斥、误解。更让你难以忍受的是，汪洋也受到非议。你不想给汪洋带来麻烦，你想放弃。可是，汪洋坚定如铁，不容你放弃。你们的生活，一开始就是欢乐伴着恐惧，幸福掺着泪水。你坚信组织会给自己一个公正评价，你在期待中艰难前行，忐忐忑忑走进了婚姻的殿堂。

可是，磨难远没有终结，它不仅如影随身，无时无刻地纠缠，而且来势更加猛烈，以摧毁一切的气势向你们扑来：在你们结婚七年，生育了三个孩子，小女儿还未出满月之时，上级命令汪洋离婚！原因是你政治有问题！而且，离婚后，汪洋必须马上再婚！孩子如跟汪洋，你不能再见；如跟你，汪洋不能再见！这真有点斩尽杀绝，连根拔除的味道！这到底是为了什么呢？

面对这一残酷现实，汪洋是“比战死还难受”。你如五雷轰顶、万箭穿心，心里的血在无声地流淌……面对自己“有重大政治问题”，和即将家破人“亡”的双重压力，你真是到了绝境！你平日的习惯是：一切听组织的话，一切和汪洋商量。可是，这时命令你离婚的是组织，准备和你离婚的是汪洋。你确确实实感到什么是孤立无援，什么是孤军奋战了……可你毕竟是你，你不哭、不吵、不闹，淡定而坚强。你坚信自己的清白，坚信自己对党的忠诚，坚信自己的奋斗初衷。你坦然地向组织表示："一定以积极的态度对待和汪洋的离合问题，以党的利益为重，以汪洋的前途为重。"由于当时正处在1960年的困难时期，在此重压下，为了能让汪洋和孩子们吃得饱一点，你还在驻地的山坡上开荒种了地瓜、白菜、花生……

1961年的除夕之夜，汪洋在拖了将近十个月之后，被迫无奈关起餐厅的门，开始写离婚"申请"。当年千山万水没有阻断的爱情，现在，轻轻的一扇门就隔断了。你欲哭无泪，望着新购得的梅花，你用血写下了《红梅赋》：

红梅色鲜艳，/其质更坚贞；/岁寒知本色，/凡花非比伦。/心比红梅色，/质效红梅魂；/永伴真君子，/百年同此心。

你以此表达自己的忠贞，激励自己力挽狂澜，还自己一个清白。

你顶着狂风暴雪，冒着烈日炎炎，四处奔走，找有关组织、有关领导人，请他们对你的历史进行严格的调查，作出结论。你全然不顾坐冷板凳，看人白眼……有人说，找毛主席也没用了。可你不信，你相信毛主席正在倡导的调查研究之风，会为你找到真理，会还你一个真实的自己。漫漫的求索路，慢慢地等待，一天又一天，一月又一月。直到当年你的领导人——港澳工委副书记，时任广东省委副秘书长，而且是亲自参与处理你和汪洋恋爱关系的人出现了，才使问题有了转机。之后，又经过多方面的调查、审查，最后由总政治部组织部、沈阳军区、高等军事学院三方作出审查结论：你历史清楚，政治上没有问题，应予信任，并作出撤销关于你们离婚的决定。

历时近两年的离婚的“疾风暴雨”结束了！

你虽罹患心脏病、高血压，可心依然；虽然，接下来的日子，特别是苦难的十年“文革”，你们的生活并不轻松，可你经历了这么一场磨难，如凤凰涅槃，再大的风雨也奈何不了你了。你们相爱得更深，生活得更坚强。

“四人帮”被粉碎，改革开放的春风吹拂大地的时候，你才感到自己身上的枷锁被彻底粉碎，对家国爱得更深，工作学习更勤奋，结合当时自己在中国艺术研究院电影研究所、中国电影研究中心的工作，著有多篇关于电影发展和创新的理论文章。缄默多年，你终于敢于提及对父母思念，提及他们的才华和爱，并见到了阔别多年魂牵梦绕的母亲，去到已经回归祖国的香港探亲……多少感慨，多么自豪，你从少女时代就开始憧憬，并为之奋斗的理想在祖国大地实现了……你的生活欢乐里再没有恐惧，幸福里再没有泪水。你们双双离休后，徜徉在公园的草地，散步、唱歌、摄影，你彩排、演出时，汪将军为你们提包照相；你们访友、访亲、旅游，走遍祖国的山山水水，感受着一生奉献的美好；你们学画、练字、写诗，参加社会活动，参加展览，获得一致好评，并屡屡获奖；你们练剑、习舞、种花、养草，把小庭院打点得如同锦绣花园……你们的二人世界真有如神仙眷属。

在汪洋离去后，你遵照将军的遗嘱，在悲痛中乐观地面对生活，顽强地与病魔抗争，坚持作诗练字，读书写作，著书立说，使我们有幸读到《众里寻她》一套四卷。读到那些美好的诗文，更加全面看到那个坚贞、美好、苦难、幸福的周湘玟……正如你在梦中所作《人间有女》的诗文：

人间有女果如斯？毓秀钟灵宛若诗。
西子同行惭学养，易安并坐愧容姿。
秋波流转无穷爱，灵窍时涌绝妙词，
最是不争还不悔，亲人家国总相思。

湘玟大姐，诗中那美好的女子不正是你吗？没有错，就是你！学养、容姿、不争、不悔，把全部的心血倾注给祖国、亲人……

这是你一生最真实的写照啊……

这是我读到《湘灵　越秀　华年》之后，浮想联翩，对你的回忆和赞赏吧。我为你唱一首咏叹调。

大象的记忆

汪海欢

一、大象的记忆

母亲的新著《湘灵 越秀 华年》，回忆的是她五岁至二十岁（1934—1949）的往事。八十年前呀！让人不由得联想起大象的记忆。据说大象的记忆是久远而可靠的。我的小女儿福娃最喜欢大象，若以她的视角来看祖母的回忆，或者跟大象的记忆好有一比。这个比喻看似玩笑，其实不是。用母亲的话说，就是“忠实地写历史，写好历史的细节”。以大象的记忆作比喻，也就是要经得住“久远而可靠”的检验。

根据通讯记录，母亲写《湘灵 越秀 华年》是从《小吴门外 荒草园》动笔的，完成日期为2015年6月14日；第二篇《楚湘街 茶花》完成日期是6月28日。同日即发给我们，写道：“孩子们：妈妈近几天试着写了两篇东西。寄你们读读，有点意思没有。”去年

6月初，母亲刚刚出版了《众里寻她》一书，稍事喘息即又开始写作了，用军事术语说就是“连续作战”吧。

二、是观点，还是鼓励？

去年7月24日，母亲在电邮中写道：“孩子们：发给你们一篇《花艇　小庙　二塘半》，你们有时间、有兴趣就读读吧。你们的感觉对妈妈是帮助。”小梅和我回复说：“妈妈好。两个感觉，一，不是小说，胜似小说。二，亲历第一，细节制胜。会写细节的真不多，能记住八十多年前的细节者罕见。珍藏之。妈妈加油！”妈妈不禁问道：这是鼓励的话，还是你的观点呢？我说这是观点。当然也不无鼓励之情，“妈妈加油！”这一句是大声喊出来的！

2015年12月6日，星期日，母亲重发了前十记，我读了一部分，写道：“读了回老家《枫林　一棵枫树》一章，妈妈尚记得1938年的情形，那么多珍贵的情景细节，用那么清晰优雅的文字来描绘，历史与文化自然而然地融汇在一起了。七十七年前的旧事，可是亲历者却用当代人可以理解和欣赏的文笔来叙述，仅此一点就难能可贵。我最早印象中的妈妈是在颐和园昆明湖上划船，1960年前后，约五十五年前吧？距妈妈此记的时间相隔了二十二年。让我感到历史跟我是有关联的，文化是这样一代一代相传的。……不是没有文笔，不是没有记忆，也不是没有见识，而是缺乏妈妈这样的真诚、悟性和智慧。（三者）缺一不可，而妈妈都有了，有且以用，这就是百万分之一的难得了。谢谢妈妈，妈妈加油！”

年底，小梅出差回京，暇余与妈妈喝咖啡、谈感触。她在《美丽的中国“她”》一文中写道：“十里亭、农园的凭栏歌唱是一个多么美丽的情景呀。整个作品从头到尾充满了对祖国、民族、生活的热爱，这种热爱是正直、朴素的，有些地方甚至有些天真。可是我认为这正是她（作者）独特的美丽。”

事后妈妈写道：“梅儿昨天在落地窗前给妈妈说意见。她打开电脑认真地讲，妈妈执笔铺纸认真地记。驱走雾霾的阳光和煦地轻抚着我们。我知道，这是在写书。但这也就是幸福。”

三、对历史负责

今年4月底，我读《广州　沙面　石牌》后写道：“好看，应该继续完成。还是那个意见，妈妈回忆的价值在于四十年代那一段历史，你的亲身亲历，你的记忆、角度只能是你的观察角度，别人代替不了。时间和事件经过的准确和翔实才紧要，而评价（无论是别人咋看或今天的自己咋看当初的事情）其实都是第二位的。历史固然不是文学，但是妈妈博闻强记和精确细微的表述，已经是十分难得的凤毛麟角了。坚持完成任务就是对历史负责。”

今年暑假，母亲读了孙女福娃的一篇作文《在天安门吃冰棍的攻略》，于是喜欢引用“攻略”来说事儿。在家期间谈意见，母亲再次问我肯定此书的意见，“是观点，还是鼓励？” 我认为十二记有三长：强记、细节、真诚；三短：史学、孤证、精力。母亲不辞辛劳，认真倾听意见，可以说不厌其烦。这六点意见，概括为“扬长避短的攻略”。

这篇稿子没有如约在九月底完成，母亲很体谅人，写道：“文章无需太长，能把你在家时和妈妈说的两个观点阐释透彻就非常好了。（忠实地写历史，写好历史的细节。）正是你通过这两个观点给了妈妈启示，给了妈妈鼓励，我才有信心写下去，并决心出书。”对照一下，我的六点意见，不如母亲说得给劲儿——忠于历史，精于细节，一语中的！

说说“观点”吧。扬长避短，就是发挥记忆、细节、诚信三方面的优势，实事求是地对待经验和记忆。尽可能回忆起来相关事件的年代、人名和地名。知之为知之，不知为不知。站在对历史负责的立场上，以期带动起其他当事人及其后人，大家协力一道搜集或挽救那一段珍贵的历史（1934—1945）。人人留下一段记忆，为抽象输入具体，为苍白注入鲜活，供后人学者比照对证，别让历史成为一个人的孤证。

四、听奶奶讲过去

2016年暑假，一天晚上奶奶和姑姑教福妮、福娃唱义勇军进行曲（前日，姥姥连夜手写出歌词），客厅四壁之间回荡着老少三代人高昂的歌声：“中华民族到了最危险的时候，每个人被迫着发出最后的吼声。起来！ 起来！ 起来！”

写《在天安门吃冰棍的攻略》的福娃，今年九岁了；而奶奶八岁半的时候（1937年），在长沙的小吴门外亲眼目睹了日本飞机炸毁家园。她写道："敌机在这所房子的前后左右扔了四个炸弹，保姆是从院子的大门往外逃的，正好和第二个炸弹碰个正着。老刘看到她的肢体零散着挂在院门外的树上。房东太太是领着妹妹往花园跑的，倒塌的围墙正好把她压着。妹妹幸好上半截身子露在外面，被老刘救出。至于房东太太……只听说人早就不行了，但手中还紧紧握住妹妹那一只小皮鞋……"

写《我在北京看2016里约奥运会》的福妮，今年十一岁了；而奶奶十一岁的时候（1940），在韶关的小木屋后下望公路，亲眼目睹了从前线后撤的伤兵队伍。她写道："一次我目睹一台担架上一位伤兵，赤身露体，连一件遮羞的破衣裳也没有，只剩下一副皮包骨的惨灰色的躯体和一头灰蓬蓬的长发。我的眼泪禁不住要流下来了，正好他一双无神的眼睛也望向我。这双眼睛在这副骨架上显得出奇地大而空洞……也许故乡他有一个和我差不多大小的女儿？我们对视了一两秒钟，他的担架远去了。但我永远忘不了这双眼睛。以后当我长大了一点，明确我将投身的壮丽事业首先是'为了多灾多难的祖国和人民'时，出现在我心中的'人民'形象，便有在靖村小木屋所见到的这位伤兵。"

当然，母亲也有童年童趣，她小时候也有过想要养一只小黄猫的愿望；外婆不让养猫，可是她自己却养过一头小老虎。母亲听外婆说，小老虎放生后还三回首，似有感恩之心。书中提及《渔光曲》，我小时候家里还有这张老唱片。母亲说：她“六岁在香港时，把地板当大海，‘演’过渔光曲。幼时我最喜欢的歌不是它，是《保卫黄河》”。在《十里亭 农园》一记中，“教过大舅舅唱它”。母亲还说她在枫林读书期间，对她“影响最大的一本书”是《说岳全传》。

五、文学与历史的交集

母亲是中山大学文学院中文系毕业，后来从事过编辑、文学创作、电影文化研究。天赋上博闻强记，可以说是过目不忘。说一件轶事：1982年，母亲和父亲同游昆明名胜大观楼。楼上镌有一副对联长达180字，号称天下第一长联。母亲也是第一次见到，边读边为同游者讲解。讲解后遂背身当众背出此联，一字不错。

母亲乐于助人，诲人不倦。她的人生大半部分，可以说是去写别人或者帮助别人去写另一个别人。在我十七岁以前的记忆中，大部分是写工人和战士，或者帮助工人和战士写他们自己；而且大部分的情况都是她心甘情愿的。至今她依然乐于教青年人学习毛笔字和古诗词，可以说是年复一年，诲人不倦。她赢得了工人师傅和战士们的尊敬，也赢得了我的尊敬。

母亲是1929年出生，本书所记述的年代是她五岁到二十岁（1934—1949），从儿童到青年的一个人生阶段。她儿时在湖南亲历过日本人的轰炸；在广州学生的爱国民主运动中举过大旗；在香港参加过地下工作；在朝鲜战场上采访过战斗英雄；在“文革”前及其间长期跟汽车工人一起劳动和创作；改革开放以后一心投入电影文化的研究；离休之后与父亲一起出诗集和回忆录。

如果说历史是由人民创造的，那么母亲无疑是他们中的一员；如果说历史是由人民书写的，那么母亲更应该为他们与自己、为后代子孙记述下来那一段“中国亲历史”。没有一个个具有性格和活力的人，怎么会构成具有活力和创造力的人民呢？旧社会的封建枷锁、老时代的教条主义禁锢了多少国人，尤其是妇女、儿童的创造精神和主观能动性。母亲与那些追求进步的知识女性一道，始终将同旧制度、旧文化的愚昧习俗抗争当作自己的历史使命。

将近离休的时候，母亲终于赶上了改革开放的划时代，她从不以年纪为由画地为牢，而是跟年轻人甚至小朋友一起学习新知识、掌握新技能，她的创作工具也与时俱进，从小狼毫升级到了最时髦的苹果电脑；记得有一次她还跟孙女福妮说：“奶奶教你广东话，你教奶奶英语会话。”

母亲的作品充满诗意和人文关怀，我印象最深的就是她可以凭记忆力来引证古籍经典。然而，她观察历史并不受经典或教条所制，凡事尤其会注重亲身亲历亲记。母亲说得好：“真实，不是想象和杜撰。”

文学与历史，可以在母亲的笔下交集，何其真也！何其美也！国家的历史与个人和家族的历史是可以相互印证的；我们这一代人，每个家族都可以讲一段20世纪的亲身经历，他们直接见证了这段历史，亲身参与过这段历史。后人乘凉之余，也会想了解前人的故事，所谓君从何处来？又往何处去？于今母亲不辞辛劳，躬亲记录，书写下亲身亲历的一段段往事，是为吾辈之幸！弥足珍贵。

历史不是没有情感，也不是史学家不懂情感，而是历史一旦写成书，几万万人和几代代史就被压缩到了几百页书页里。

庆幸的是，有人著书能够突破教条藩篱，沟通文史，为抽象输入具体，为苍白注入鲜活，让青史归真且如画。可以说母亲的这本书就是这类亲历写生录之中追溯最远、发表最新的一卷。读一读它，从家道变迁可观国运之盛衰，从个人沉浮可察民族之兴亡，可谓开卷有益呀。

套用现代流行分类语，外婆属于10后，母亲属于20后，我属于50后，我的孩子则是21世纪的新人类。可以说，这一脉传承下去的不只是生物基因，还有文化基因。历史事件不足以概括家族的故事；历史的粗线条也难以概括文学的幽微处。这是一般历史书和史学家的局限，而母亲的小书则不必囿于这个局限。

如果把青史比喻作一幅幅画卷，而其中一幅画卷是奔流北去的湘江，那么母亲的小书就是满山红遍中最美的一叶枫。又好比青史长河中泛流的一叶扁舟，历史为风与流，家为舟楫。作为女儿、作为妻子、作为母亲和祖母，她都能够担当起来，好像渔家女一样摇橹使帆，于激流中勇进，逆水中行舟，凭着超强的记忆力，追溯历史之源流，直至八十年前。是不是因为她有着大象一般长久的记忆和不屈的情感呢？母亲的诗集和书卷，为子孙后代留下了家史和范文，学之习之，弥足珍惜。祝福母亲！

暑假期间我们进出匆匆，每每回家进门，见母亲端坐在电脑面前，近前轻声问安；她闻声侧身，颔首微笑，拥抱亲吻着孙女福妮和福娃，笑逐颜开。诚然，她的写作要付出更多于中青年作家的艰辛，将心比心，相信人们都能够理解和尊重。我见证了人是怎样老当益壮、历久弥坚的，就像母亲那样，以朝阳升起般高尚的赤子之心，面对绚丽多彩的夕阳霞光，不忘初心，勇敢挺进。壮哉母亲！

2016年10月12日于波特兰

清溪流淌的记印

汪海姝

本书的作者是我的母亲，她所写的这十二篇回忆文章的内容，我从小到大零零散散地听过多次，但从没有像这次那样系统地、从头到尾按时间顺序地阅读她的文字，过去就像是有点“空口无凭”，现在才有点“落纸为证”；也就是“红口白牙”地说，不如“白纸黑字”地写让人更有历史感和信服感。

当作者最初一段一篇地写着儿时的回忆，曾问过我是否可看，又问我是否有价值。我说，价值是肯定有的，因为她的家史和经历都十分特别，听起来都像小说，写起来就更像剧本。并且在此之前，我曾多次对她说过，以前的经历和家史一定要写下来，不然就没人再记得了，尤其是那些细节。当她给我看了几篇之后，感到像她这样有声有色、有滋有味地描写童年往事，这种写法本身就很有特色，每一记的题目又很吸引人，文字简练，用词炼句贴切到位，又富于时代感，所以读起来有色彩、有质感、有深度、有才情。试想想：对儿时的记忆，有多少人可以记得精确和真亮？而在记忆精确的情况下，又有多少人可以把它写得如此精彩并有文采？而这些文章最大的特色就是八个字：亲身经历，绝非杜撰。

当作者基本完稿后，又问我："这些小记如果出成一本小书，有人看吗？"我回答："有，我这辈的人会看，因为他们的父母或祖父母可能都会有相同的经历，但我还没看到任何同类的记事回忆；而作者的同辈人，尤其是当年的同学就更会愿意看，就更会觉得如临其境。"果不其然，她的同学，曾任广东人民出版社社长兼作家的岑桑前辈就慧眼识珠，看后即极力鼓励作者出书并亲写序言，他不就代表了最好的读者群了吗？

读过这"十二记"，最深刻的印象是作者对各种各样细节的描述，如对建筑，对地理环境和人文环境，对人物——家人、公务人员、师长、同学、名人以至陌生人，对战时动乱的大环境，对自家的小环境，以及自己在各个年龄段对世界，对事物，对身处的社会，对周围的人物的认识、感受，都有着或明朗，或懵懂，或清晰，或微妙的描述。作者凭着难得的记忆力，如实如是地讲述和描述了那一段段从幼年到少年直至青年时期的经历和感触，从第一记的幼年时期到进入大学的青年时期，读者看到了作者所经历的人与事对其思想的形成、世界观的形成所起到的引导和推动作用。

天生的秀外慧中，忠诚、善良、朴实、诚实和富有同情心使作者虽经历了“木秀于林”和“沙堆于岸”的风雨洗礼，仍如青松长青，她胜出在她的人格与人性。

通篇看过后，感觉一个“真”字，真性情，真史实，真感受，真理想。跟随作者的笔，追寻作者的成长过程：生于动荡年代，长于兵荒马乱，在抗日的大背景下，在不断地飞机轰炸与逃难中艰难、不懈地求学求知，直到考入中山大学，成为一名有胸怀，有抱负，有激情，有理想的知识女性，宽厚博爱，勇敢坚强，不计前嫌，不计荣辱，不计金钱，有革命的大气，有生活中的大智慧，有对朋友的坦荡，有对信念的执着，有对家庭的无私奉献。都说经历了的苦难，会变成财富，都说经历了磨难，会变得坚韧，这些在作者的身上一一得到印证。

十二篇短记，以成人的回忆来描述儿时的心理：清溪般流淌的记忆，像国画的山水，流淌过她的童年、少年和青年时期，留下了不可磨灭的记印。外族的侵略、战争的伤痕版画木刻般深深地刻入了幼小的心灵，激起爱国和爱民族的心；笔下的父母、弟妹、家人、佣人、副官、房东一家人、同学则像是一幅幅素描，几笔便勾勒出各人性格的轮廓，灵活鲜明，跃然纸上；尤其是那几位当时由于各种境况到家里作客的历史名人们，寥寥数笔便画龙点睛，使读者过目难忘；就连描述她的母亲善心收养并放归山林的一步三回头的小老虎也是活灵活现。

小时候第一次看到那张照片里母亲手擎声讨美军

暴行的横幅走在广州的游行示威队伍前面，听她讲述游行的起因和当时的情景，就觉得母亲很了不起；多少年后听说在广州革命历史博物馆存展这幅放大了的照片时，感到母亲很伟大；这次完整地读完了她的回忆文章后，让我了解到了是什么样的成长经历和磨难，什么样的教育和什么样的力量使她变成那个擎大旗的“民主姑娘”。我感到母亲做人的不平凡、不平庸、不虚伪、不虚假。不是每个母亲都是伟大的，不是每个伟大的女性都能是好母亲。我可以很自豪地说，我的母亲既是个好母亲，又具备伟大的人格。

我希望大家能读到这本难得的而又不可多得的书。我可能不是本书作者最忠实的读者，但我是她最诚实的读者。

2016年9月30日于北京

美丽的中国“她”

周 梅

初冬上午，暖暖的阳光照进落地窗，洒满了屋子的各个角落。妈妈做好了咖啡，拿着小本和笔，我手捧电脑笔记本，有关《湘灵　越秀　华年》的讨论就这样开始了。昨晚才从美国飞来，可我一点不觉得累，盼望着这样的幸福时刻已经很久了。

妈妈作品中提到了几个女人，虽然都是几笔，并非刻意描述，却都给我留下了深刻的印象。她们个个都美丽动人。如已有身孕的房东太太，紧紧握住那一只二姨的小皮鞋，被日本飞机炸死；瘦瘦白白的五姑（也就是潘荻阿姨）；皮肤、眉眼无一处不妥帖的苏州如夫人；清秀端正的女老师陈友莲；溪边黑衣黑裤、黑发垂肩，有着坚忍肃穆的神色和忧郁眼神的“她”。她们仿佛是一组抗战女性的雕像群，代表着抗战中的一个个中国“她”。

作品中另一个美丽的“她”应该是作者本人，我的妈妈。《十里亭 农园》的凭栏歌唱是一个多么美丽的情景呀。虽然我只能通过文字来听到她的歌声，却给了我无限想象空间，这种体会比亲临现场更动听。

这些美丽的女人们生活在和我们不同的时代，可是她们美丽的因素与现在时代所崇尚的“元素”没有什么不同，特别是善良和同情心，也同样是向往美好和厌恶丑恶。虽然隔一代人，却有相近的审美和亲切的情感，让我同妈妈更接近了。

整个作品从头到尾充满了对祖国、民族和生活的热爱。这种热爱是正直的、朴素的，有些地方甚至有些天真。可是我认为这正是她（作者）独特的美丽。

此刻，大女儿福妮正在和我一起读奶奶在桂林火车上看童话的那一段。虽然她在美国生长，可是她已经可以读懂奶奶的作品。她说：“奶奶怎么写得这么好？”我回答说：“你的写作才华就是继承自奶奶的呀。”

2016年10月12日 于波特兰